家宴散后

赵万里 著

作家出版社

目 录

序：地域书写呈现的朴实力量

林 遥

一

赵万里先生是我的文学前辈，更是我尊敬的长辈。二〇〇三年，我初到延庆报社工作，彼时半路当记者，他是我的主管领导。犹记得自己的一篇新闻通讯，曾被他勾画得"红灯"处处，也从那时起，我开始收敛自己的随性，注重文字的凝练。以此观之，我从赵万里先生身上获益良多。

朴实和凝练，同样也投射在他的小说创作上。

读赵万里先生的小说，总会让我想起赵树理。他把小说写得朴实逗笑，开篇简洁利落，以民俗文化塑造人物形象，揭示人物心理，推进人物性格发展，呈现出鲜明的地域特色。

在他的小说中，透射出所处地域环境的烙印和特征。小说里的细节，如果更换了故事发生的地域环境，情节推进就不会那么有力；换言之，故事发生的环境如果发生了位移，那么小说本身情节的张力，就会被削弱。

他的小说没有特别刻意的情节，但每个情节向前推进，都是由小说人物的性格语言和性格动作来完成的。而人物的行为，往往是基于地域特色的一种自然反应。

赵万里在小说的写作过程中，巧妙借鉴民间"讲故事"的手法，巧设环扣，引人入胜，情节一气贯通，又起伏多变。小说语言通俗浅近而又极富表现力，深深植根于延庆特有的语境当中，比如"干饭汤""搋程""不是个好枣"等俗语的使用，延庆人看了不免会心一笑，延庆地区以外的人看了，也能嗅到那份泥土的气息，从而产生浓郁的亲切感。小说中大量对农村生活的描摹和人物在所处环境的行为语言，更彰显出他对生活细节的把握和关注。

他的小说往往截取生活的一个断面，不厌其烦地向读者讲述一个又一个的生活细节，使你常常在阅读中被最细微的一根毛刺刺痛了记忆。

二

细节在传统小说观念里，是最小的叙事单元，可以通过事件、故事、情节最终塑造典型形象、抵达小说主题。

任何重大的主题，任何生动的情节，任何典型的形象，都必须依靠精美的细节表现出来。凡是生活中存在，能够反映人物性格，深化作品主题思想的，都可选来作为小说的细节，从这点来讲，细节是小说的血肉。

赵万里的小说受中国传统的笔记小说影响较深。在他的笔下，生活的细节以白描的手法植入小说，构成了一种生命力。赵万里有塑造人物的本领，能够在短短几页的文字中，贡献数个人物。甚至对环境的处理也是如此，所描写的背景简洁、正确，予人以深刻印象。这种写法可上溯至民间叙事的本源，拥有极大的现实感。

文学经典也不一定字字珠玑、好得一丁点儿毛病也没有。在话语多元的时代，作为受众，我们应当以怎样的姿态面对文学中类似的特点呢？对于赵万里的小说而言，他的小说表现出一种"本色美"，这种美是一种"原生态"，是一种"清水出芙蓉，天然去雕饰"的感觉。

三

"原生态"的生活可以呈现出文化的特质，但是小说毕竟还是要探求故事背后的关系，如果陷入其中而不能出于其外，最终失去的恰恰是对生活的穿透力。在这一方面，赵万里有自己的考量。他笔下的生活细节，是对生活的进一步发现，能够"小"中寓"大"，让读者能够品味一些宏大叙事作品中见不到的东西；"少"中见"多"，让读者抚一叶而知秋，直达本相。

地域文化，应是小说丰富内涵的矿藏。它能充分显示出人与文化的亲和关系。从某种意义上来说，小说中人物所处的环境，正是对色彩斑斓的多种文化内涵的揭示，无论你出于主观还是客观，这种包括政治、经济、社会、民族、心理等各层面的广义文化内涵的描写，可以成为小说中的形中之"神"、味中之"韵"、思中之"魂"。总而言之，只有灌注作家个人的发现与思考的创作，才能在作品中构筑富有张力和想象空间的审美世界。

家宴散后

桌上，满是半盘子半碗的残羹剩饭和躺着立着的酒瓶子、酒杯；地上，撒满啤酒瓶子的碎玻璃片。客人们都走了，都是东倒西歪相互搀扶着出的门。于老太太扭着小脚没走几步就扭回来……

儿子也挺不住了，一头扎在炕上"呼噜——呼噜——"地睡着了。于老太太忙扯过一条毛巾被，蹑手蹑脚地搭在儿子光光的脊背上："不会少喝点儿，喝了就睡，不做病才怪哩！"她每次见儿子这样，总是嘟囔这几句话。

儿媳妇出去送客人，不知和谁说上了话，没进屋来。于老太太阴沉着脸，站在那里叹气："你瞧瞧这桌子，你瞧瞧这地！"

孙子跑过来说："奶奶您吃饭吧。"

"不，不急。你给奶奶拿铁簸箕来。"老人蹲下来一块一块捏着地上的碎玻璃，"一个酒瓶子一毛多，年轻人，喝多了就没个准儿。"

"奶奶，别捡它，扫出去算了。"

"捡起来放好，等收破烂儿的来了，卖了，给你买冰棍。"老人从地上拾起一个空烟盒递给孙子，"给你这个玩儿去吧，一层玻璃纸，一层锡纸，多好看呀——非抽这么好的烟，一盒不得三块两块的。"

"这是外国烟，一盒六块。您不懂！"

"你听听，你听听。"老人抬起头，"你爷爷活着的时候都抽旱烟，逢年过节才买两盒烟卷儿，自己还舍不得抽，现在可好……"突然，她的手哆嗦了一下，干瘪的手指上划破一道血口，殷红的鲜血顺着深深的指纹流下来。

天刚过午，火红的太阳挂在空中，热得人心慌意乱。儿子睡得浑身是汗，爬起来出院门了……

于老太太包好手，看到铁簸箕空空的，她在房檐下立着，马上急了，怒气冲冲地追问儿子："你倒哪儿了？你把碎玻璃倒哪儿啦？"

儿子这时才发现，母亲的手上缠着一条破布。破布条被血浸得红红的、湿湿的……

老 关

老关是县委机关雇来看传达室的临时工，大伙叫他"老关"，其实他并不老，才三十多点儿，只是长得老相：瘦小个儿，少白头，脸上褶褶皱皱的，十年前他就这副模样。要说这还真误事，几次找对象，女方都说他不诚实，瞒岁数，他至今仍是光棍儿一条。

那天快下班了，县委办公室主任突然接到通知，要他们配合交通安全月活动，临时出个人上街执勤。主任跑了一大圈，各科室都说工作忙，抽不出人，主任眉头一皱想起了老关。

第二天一大早，老关特意从头到脚换了一身新，戴着红袖章，精精神神上街了。他刚在马路边绷直地站下，就远远看见一个小伙子用自行车带着个年轻妇女向这边驶来，离有三四十米，他就大声喊："骑车带人的，下来！"

自行车后架上的女人偏头看了看他，没动身儿，车子直闯过来。

"说你呢，怎么还骑？"老关上前把车子拦下，骑车的小伙子下来解释说："二婶脚疼，去医院。"

女人也慢慢从车后架上下来，阴阳怪气地说："哟——这不是臭子吗？放着办公室不坐，咋干上这个啦？"

老关见女人叫他小名，有些不自在，仔细一看，是他舅家的邻居。

"你瞧瞧今儿个这身穿戴，多神气！"她往前凑了凑，挤眉弄眼神秘地说，"臭子，你舅妈前些日子跟我说，让我给你张罗个媳妇，这些天我没着闲地划拉，现在有一个，我娘家村的，细高个儿，长得那个水灵，今年……"她收住了话题，反问道："对啦，你属啥的？"

老关向周围看了看，嘟囔一句："属猪。"

"行，年龄也相仿，你又在县委工作，般配。"女人边说边往车子后架上坐，"哪天见见面。得，你忙——"她捅了捅骑车的小伙子："咱们走。"

小伙子推着车走了，刚走几步，又骑上了。

老关猛地扭过身，用手指着他们大声吼道："怎么又骑上啦？下来推着走！"

房　子

　　老古一家四口——他和病退多年的老伴儿、"痴呆"的儿子，还有七十多岁的母亲，在一间半平房里硬挤了十几年。他今天听说单位又要分房，心里憋闷，吃了饭，就出去散心了。

　　老古游逛一遭回来，母亲、儿子和老伴儿都睡了，他拉上当堂那副皱皱巴巴、褪了色的布帘，又悄悄拧开了电视机。

　　夜深了，四周又黑又静，小小的电视屏幕上还有几个外国男男女女用脚尖蹭着地跳舞。老古翘着头，瞪着眼，一动不动地坐着看。老伴儿从枕头上欠起身子，看了看电视，又瞧了瞧他："你今儿个中什么邪啦，连这也看？"

　　老古愣怔半天才缓过神儿来，文不对题地说："我们单位又要分房了。"

　　"房？！"

　　"楼房，五套。"

　　"要房的事，你跟领导提了吗？"老伴儿爬起来问。

"提？咱们家的事儿他们又不是不知道。"

"你提都不提，等人家来找你呀？"老伴儿嗓门儿高了。

"提有什么用，上回说了好几次，结果还不和没说一样。"

"让你这么说，就拉倒啦？"

老古愤愤地站起来："不拉倒怎么着！咱们家八竿子亲戚里也没个当官儿的，谁替咱说句话。我一个烧锅炉的能有啥办法，还不得听人家的。"

"光等着能等来什么！"老伴儿的手哆嗦着胡乱抓起一件上衣披上，"一个男子汉，说这话，多窝囊；我跟你窝囊一辈子，全家人都跟着你受罪，我算看透了……"

"又来了，又来了，又是这一套！"老古打断了老伴儿的话，"别人实在没办法，人家可以送礼，咱送啥——把家底儿都送去，人家还不一定看得上哩！"老古的嗓音有些嘶哑了……

母亲不知什么时候从布帘那边探出头来，低声对儿子说："傍晚那会儿你出去了，你们单位来了个小伙子，见她睡觉了就给了我一串儿钥匙，说是什么主任让送来的。"母亲把钥匙递给儿子，"对了，他还留下一张字条。"老人想不起字条放在什么地方。

老古从母亲手里接过钥匙，借着电视机的亮光一看，确实是一串银白银白、崭新崭新的钥匙……

姜二爷与他的子孙

姜二爷的老伴儿去世了，独生儿子在城里做了事儿，安了家。儿子动员他进城去住，姜二爷总是说：过不惯吃喝闲着的日子，在家种点儿地，一年下来，咋也收入个百八十块。儿子拗不过他，由他去了。

头年冬天，姜二爷栽跤，摔坏了腿，伤得不重，一般的农活还行，只是蹲不下，一蹲下膝盖就疼。

时值立夏，眼瞧垄东地西别人家的责任田都薅了苗，唯独姜二爷的一亩三分地还没动过锄，玉米苗子长得跟葱似的。他心里急，去找儿子，儿子让他雇人薅，或干脆别种算了。姜二爷一听就火了，山羊胡子一翘一翘地说："屁话，我养儿子是给别人看的！"

星期天一大早，儿子回来了，还带回肉墩墩的胖孙子，姜二爷心里乐："跟你爸一个样儿，胖得没个形。"山羊胡刚舒展开，就见后面又跟进两个人，姜二爷一调屁股进屋去了。

儿子带着跟来的人下地了，姜二爷把孙子叫过来，从褶褶皱皱的小布包里抠出几张纸币，说："你上街，替爷爷去买二斤火勺（火勺，延庆名小吃——编者注）、一斤猪头肉回来。"

"买这么多干啥？"

"吃呀，你叔叔他们受半天累，咋也得在咱家吃顿饭呐。"

"爷爷，这事儿您就甭管了，我爸说了，中午去酒店，最多花七八十块钱，痛快、省事。"他见爷爷睁圆双眼看着他，又神秘地补了一句，"那都是我爸爸的哥们儿。"

姜二爷立刻像被霜打了似的，花白的胡子一抖一抖："你快去把你爸他们叫回来，就说我说的，让他们忙别的去吧，地我慢慢薅。"

孙子直呆呆地望着他，不知是怎么回事。姜二爷急了，说："咋还愣着，你快去呀！"

孙子撒丫子跑了。

晚春时节，辰时的阳光就显得火爆，热辣辣地照射着久旱少雨的土地。

姜二爷手搭凉棚望了望遥远的天空，顺手抓起一顶斑黑点点的旧草帽扣在头上，跛到水缸旁，就着水缸灌了一瓢凉水，拎着薅锄一拐一瘸地下地去了。

驴　神

人民公社时，大集体众驴中有一头异驴，鼠目、兔耳，浑身上下精瘦，通体红毛，人曰：小红毛。

生产队里有一位饲养员，姓杨名二，是个光棍儿，他不但没有一副劳动者的身板，还架着两片瓶底似的眼镜，人们都习惯称他"杨二先生"。他戏言，小红毛不是驴，是神，准确地说，是驴神。

小红毛是驴不是神，但以驴的智商衡量，它确实是个精灵。驴们一起驮驮子，它总是疾步走在最前面，跑到无人处将驮子往地上一掀，溜回饲养处悠闲地吃草料去了，等众驴们一身臭汗地回来，它已经把好草料捞个头水儿，找块干净的黄土地晒太阳去了。小红毛拉车也有一绝，套绳从日出到日落总是绷得紧紧的，但即使是用一绺草麻做套绳也决不会被它拉断。拉碾子拉磨没人敢用它，别的驴围着磨道转要蒙住眼睛，它相反，蒙上眼睛就不走，谁用它，它就用老鼠眼睛不停地瞪谁。小红毛驴鞭甚大，偶尔露峥嵘，常让人误以为多生出一条腿来。其品行极卑劣，对异性牲畜不感兴趣，专追大姑娘、小媳妇，生产队的妇女们都骂它"臭流氓"。

农村实行大包干，集体的牲畜都分到各家各户，唯有小红毛无人认领。生产队长说，小红毛牙口还轻，杀了怪可惜。再说了，即使宰了也出不了几斤肉。他和社员们商量，看谁能把它拉回去。社员们一个个都摇着头说不要，把它拉回家，自己有个不在家的时候，把闺女、媳妇放在家里不放心。有人有意冲着杨二先生说：小红毛是神，我们想把它请回家，它怕我们敬不好，还不一定跟我们走哩。最后，还是杨二先生说了句："得，我认了。"他交给队里三十块钱，将小红毛牵回家。

改革开放二十年，村里人的日子已今非昔比。杨二先生已近古稀之年，小红毛也老了。一日，杨二先生闲来无事，把小红毛牵至村头公路边吃青草，自己坐在柳荫下悠闲地看来来往往的行人和红红绿绿的小汽车。小红毛不知又想起自己年轻时的哪段艳情，久违了的峥嵘忽昙花一现。今日小红毛虽不及昔日小红毛，但其峥嵘仍不减英雄本色——天不怨，地不怨，只怨小红毛命该如此——正在小红毛起兴致之时，公路上几辆小汽车疾速靠边，戛然而止，车上下来几个西装革履、油头粉面之辈，直奔杨二先生而去……

当天晚上，大半个村子都弥漫着煮肉的香气，村民们纷纷传言，杨二先生把小红毛杀了，驴鞭被驻开发区的一个外商买去了，给了杨二先生五百块钱。有人直咂舌：杨二先生真不愧为"先生"，当年一头驴才三十块钱，现在一条驴鞭就脆巴巴卖出五百块钱——好家伙！

第二天清晨，村子里传出一个不幸的消息：有人发现杨二先生死在了土炕上，锅里还焖着满满一锅煮熟的驴肉。

过　活

　　余老太太的丈夫先她一命呜呼，她只能可怜巴巴地与不孝之子和尖酸刻薄的儿媳共度苦日。还好，余老太太每天有张王李三位老太太及一百三十六张麻将牌陪着，日子过得还算充实。

　　余老太太每天早上八点钟准时和张王两位老太太到李老太太家打麻将，三位老太太步调相当一致，每次进李老太太家的门总是前后不差三分钟。

　　这几天余老太太坐在麻将桌前总觉得身体不适，常常是抓起一张牌说胸闷，打出一张牌喊头疼，只有自己听牌的当口才暂时把身体不适的事搁在一边。张老太太说："你明天让你儿子带你到医院去瞧瞧，总这样耽误着终究不是回事儿。"不提儿子还好，一提儿子余老太太气就不打一处来。余老太太说："我正在兴头上，你少给我添堵啊！"

　　王老太太劝解说："不想让你儿子带你去，你就自己去，自己个儿的身子骨，不能老这么扛着。"

余老太太说:"别说没钱,就是有钱我也不用它去瞧病呀,我还留着打麻将哩。"

那天余老太太坐在麻将桌前,脸色十分难看,李老太太问是不是身上不舒服,余老太太说今儿个身上特不得劲儿,连早饭都没吃。李老太太说我家有槽子糕,我给你倒一杯白开水,你嚼两嘴顶顶饿。

余老太太嘴上说不想吃,可还是抓起一块点心咬了一口。点心含在嘴里还没咽下去,伴随而来的是一阵剧烈的咳嗽声。

牌还没有打够一圈。在别人码牌的间隙,余老太太便放倒身子,在李老太太家的土炕上躺下了。牌码好了,王老太太叫余老太太起来抓牌。余老太太从炕上爬起来,说:"还是有个知冷知热的老头子好哇,瞧把这炕烧得,多热乎!不像我的炕,就像一堵死墙,睡到后半夜半边身子还是凉的。"

又该码牌了,余老太太又躺下了。王老太太说:"你到底想玩儿不想玩儿?要不咱就别玩儿了。"

"想玩儿,想玩儿。"余老太太赶紧又爬起来,可她爬得很吃力。

大概又打了不到两把,余老太太实在坚持不住了,说:"要不今儿个咱们就到这儿,甭玩儿了。"

第二天早上八点钟,张王两位老太太准时来到李老太太家,三位老太太三缺一。等到八点一刻,余老太太还没来,三位老太太急得团团转。李老太太对张老太太说:"咱仨就数你的腿脚快,你去看看她咋还不来。"

过了不到十分钟,张老太太跑着回来了,说:"可了不得啦,她死了!"

一块猪肉皮

在"劳动记工分"的年代，我们家过的是糠菜果腹的日子，要是能见到半点儿荤腥，那可真应了那句老话，"饿蝇子见了血啦"。

我家弟兄四人，都是隔年生。全家六口人，父亲的岁数最大，四弟的年龄最小，父亲和四弟年龄相差也不过三十岁，都是青壮年。说句对父母大人不敬的浑话，那简直就是六只没有吊梁的木桶——就等着撑饭啦。

那天中午，我也没在意早晨的太阳是不是从东边出来的——父亲下地回来，肩头的锄柄上挂着一块猪肉皮。好家伙！这哪是一块猪肉皮，分明就是一块肥猪肉。肉皮有父亲的手掌大小，不知是哪位二把刀屠夫，离皮时跑了刀又走了眼，肉皮离得手掌厚，足足带有二两白净净、滴着油的肥猪肉。父亲进门的同时，我们弟兄四人八只眼睛都盯上了那块猪肉皮，就连四弟也拖着一筒大鼻涕、提着开裆裤跟了上来。

母亲问，不年不节的，哪儿来的肉？父亲说，顺路回来看杀猪，人家送的。然后，父母就商量是炖着吃、熬着吃、炒着吃还是做馅吃？最终父母达成一致意见，认为把猪肉皮用做摊饼的底油能发挥最大效应。于是，母亲就借白面、借豆面，掺和上家里的玉米面，支起铁铛子，开始摊摊饼。

　　母亲在铁铛子底下烧上火，用一双夹煤的铁夹子夹好猪肉皮，在烧热的铁铛子上来来回回地抹，肉皮在铁铛子上发出"吱吱"的叫声，叫的同时也浸出了油，叫的同时还冒出了烟。那湿漉漉的荤油烟钻进我干燥的鼻孔，钻进我酥痒的喉咙，钻进我反应敏感的大脑……糟糕！嗅觉引起了连锁反应——嗓子发紧、唾腺湿润、嘴角松弛，意识无法控制溢出嘴角的口水。我深刻领会了一次"垂涎三尺"的感受。

　　满满的一大盆杂合面浆，烙成了一摞焦黄焦黄的摊饼，厚厚的一块白肉猪皮也耗成了一张卷曲的油黄油黄的熟猪肉。摊饼满满地装了一肚皮，那块油黄油黄的熟猪皮变成了垂涎欲滴的渴望。我们嘴里嚼着有滋有味的摊饼，眼睛却盯着充满诱惑的猪肉皮。

　　摊饼做完，猪肉皮也油水耗尽，仅剩一张熟肉皮。四弟吃完了摊饼还不罢休，吵闹着要吃那块猪皮。母亲连唬带劝："肉皮留着熬菜，又可以见到点儿荤腥。"于是，母亲把猪肉皮放在堂屋房梁上吊着的、四弟够不着、馋猫上不去的吊篮里。

　　晚上睡觉前，我们哥儿仨都磨磨蹭蹭不上炕，只有四弟坐在母亲怀里继续磨着要吃那块猪肉皮。母亲还是那句话："肉皮留着熬菜，又可以见到荤腥儿了。"

第二天，母亲在案板上切了两颗青白菜，锅里添好了水，青白菜也下了锅。做好了这一切，母亲就去摘房梁上的吊篮，可吊篮摘下来她愣怔了，吊篮里空空的，什么也没有。

那块猪肉皮，早就不翼而飞啦！

舞狮人家

　　如果您问六七十岁的老年人哪儿的狮子舞得最好，他们会告诉您我们村子的狮子舞得最好；如果您再问我们村子数谁狮子舞得最好，他们会说当然是麻脸曹六啦！麻脸曹六是我爷爷。您千万别以为我爷爷脸上有麻子才叫麻脸曹六的，主要是因为我爷爷狮子舞得好且脸上有麻子，才有了麻脸曹六的"艺名"，这样说来我也是名门之后啦。

　　我们村的狮子舞出了名，每到过年，十里八乡的乡亲都来我们村来看狮子。特别是正月十五晚上办灯会，各班花会齐聚一起，十分热闹，但最出彩的还是我爷爷舞的狮子。

　　按照我们家乡的习俗，大年初二就开始舞狮。正月初二至十三要舞狮拜年，正月十四晚上叫"踩街"，就是给正月十五的灯会做准备。

　　那年正月十四，我爷爷的舅舅就来我们村看舞狮，当天下午就到了我们家，晚饭我奶奶给我爷爷的舅舅做了两个菜，一盘白菜炒粉条子，一盘粉条子炒白菜。吃完饭我爷爷的舅舅说瞧完舞狮子晚上就不走了，要睡在我们家。我爷爷领着他舅舅去看舞狮子，这样一来可把我奶奶愁坏了，我们家本来就六口人，一铺小炕、三床被子，我爷爷的舅舅来了可叫他睡哪儿呀？

平时我们家被子和人数是这样分配的：我爷爷和我奶奶用一床被子，他们从结婚到现在就是这么过来的。我大姑和二姑一床被子，这两位姑奶奶那年一个十六、一个十八，正是如花似锦的年龄。我爸爸和我叔叔一床被子，他俩常在被窝里"闹猴儿"。再说土炕的面积也太有限了，只能躺下六个人、焐三床被子。

看完舞狮，我姑姑、叔叔、爸爸回来了，我爷爷穿着彩裤、快靴，怀里抱着狮子皮，领着他舅舅也回来了，这可急坏了我奶奶，她依然没有想出睡觉的办法。

我爷爷悄悄问我奶奶：咋不焐炕呢？我奶奶把我爷爷拉到外屋，说你看咋睡哩？我爷爷想了想，说反正就这么几个人，这么几床被子，焐好了被褥再说吧。

被褥焐好了，我爸爸和我叔脱得一丝不挂钻进属于他们的被窝。还好，他们钻的是中间那个被窝。我爷爷催他舅舅两遍，说您歇了吧。我爷爷的舅舅犹犹豫豫钻进了后炕那个被窝。我两个姑姑裹着棉袄棉裤就进了炕头那个被窝。我爷爷对我奶奶说，炕上还有一个人的地方，看看你睡哪儿。我奶奶问，你呢？我爷爷说，别管我，你睡。我奶奶抱过她的枕头开始想和我两个姑姑的枕头放在一起，可她俩没脱衣服，被窝鼓鼓囊囊的已躺不下一个人。后来我奶奶把枕头和我爸爸、我叔叔的枕头放在一起，可他们不让放。我奶奶又把目光转移到我爷爷的舅舅的枕头旁边，当我奶奶想起那个独占一个被窝的人她应该叫舅公时，脸"噌"地一下就红了。最后我奶奶还是把枕头放在了我两个姑姑枕头的旁边，穿着身上的棉袄、棉裤和我俩姑姑躺在一起。对于她们来说有棉衣保暖和遮羞就足够了，棉被便成了区分名分的标志和摆设。对于她们和我爷爷的舅舅来说，屋里还有一个摆设，就是当屋地下放着的尿盆。

我们家的尿盆是陶制的大号瓦盆，盆壁足有半寸厚，在全家人天长日久的共同努力下，瓦盆早已被尿液滋润透了，盆壁上挂着一层厚厚的白碱，每当夜幕降临把它"请"进空间狭窄的寝室，它的"体味"就会立即充斥屋内每个角落。平常日子，由于我们家的晚餐稀食居多，一夜下来，六口人总是把它灌得满满的。这一夜则不同，只有我爸爸和我叔叔赤脚跳下炕用过它一回，别人均没有起过夜，估计是怕对着它倾泻弄出响动来，会引起房间内的骚动和其他人的不安。

不知是有早起的习惯还是让尿憋坏了，反正那天我爷爷的舅舅天刚蒙蒙亮就从被窝里爬出来了。他从里屋走出来，见我爷爷在外屋条桌上躺着，身上盖着头天晚上抱回来的狮子皮，活像一头卧倒的狮子。我爷爷的舅舅问我爷爷：六子，冷不？我爷爷听到他舅舅问话，马上坐起身来，下身依然套着彩裤，脚上还穿着那双舞狮时穿的快靴。我爷爷说：不冷。您这么早出去干啥？

我爷爷的舅舅说：我出去遛个弯儿。对了，今天晚上有灯会，跟你媳妇说，看完了灯会，我还住你们家。

三舅轶事

我新婚的第一个春节，我妈让我和妻子给我的舅舅们拜新年。还好，三个舅舅同住一村，蜻蜓点水般，一个上午差不多就走完了。

我们到大舅家时刚刚过早上九点。大舅妈见我们带来不少礼物，很兴奋，就说：外甥媳妇初次登门，一定要在家里吃饭，一定！我了解大舅妈的为人，是个说得比唱得都好听的主儿。如果你真是吃饭的时间来了，她会说，你们来得真不巧，我娘急症，我得回娘家去看看；或说，我娘家侄儿的孩子被猫抓了耳朵；还可能说，我娘家侄女的孩子让西瓜砸了脚后跟……反正还有二舅三舅，她不会管饭。我妻子不了解情况，还当真了，说：舅妈，不必了，我们刚从家里吃了饭来的。

十点多钟我们从大舅家出来到二舅家，二舅妈可就不同了，什么也不说，一头扎进厨房就给我们做饭，虽没有七碟八碗，但中午饭我们必须在二舅家吃，因为三舅都快四十岁了，至今也没给我娶进门一位三舅妈。他不淘米下锅，连他自己都吃不上饭。

三舅娶不上媳妇的原因特简单，按村里人的话讲就是"力气小点儿，学问大点儿"。他闲书看了不少，可派不上用场；自己养活不了自己，更别说再有个女人了。三舅年轻时也处过几个对象，不是他和人家姑娘"没有共同语言"，就是人家姑娘嫌弃他只会瞎白话，没有真本事。三舅到底有多大学问，看看他写的对联就知道了——

我们来到三舅家，三舅家的大门、二门都敞开着。三舅过年也贴了大红大红的春联，我一看就知道春联是三舅自编自"导"自"演"的。大门的一副春联是这样写的：别人请我赴宴一叫准到；我叫别人吃饭请也别来，横批是"没人做饭"。二门的一副对联是这样写的：白天忙，晚上闲，光棍日子受熬煎。下联写的是：月亮长，日头短，稀里糊涂又一年。横批字数有点儿多，一共八个字，"个人难受，个人知道"。我妻子看了这两副对联说：你三舅还真幽默。我看她满脸笑容，但眼泪丝丝的。

我和妻子进屋，三舅正在头朝里脚朝外扎在土炕上睡觉，身上穿着随身的衣服，脚上穿着棉鞋。我把三舅叫醒，他坐起来揉揉眼睛，见我和一个年轻女人突然站在他面前，他一时有些愣怔。当他明白过来是外甥和媳妇来给他拜年时，他忙下地，让我们上炕。我妻子还行，啥也没说就坐在了土炕上，刚坐了一会儿她又下地了，说坐炕上就像坐冰上。三舅问我们吃饭了吗？我们说在二舅家吃的。他说他中午在邻居家喝了酒，头有点儿晕、有点儿大，昏昏沉沉的。三舅从桌子上抓起暖壶，暖壶是空的，他要去给我们烧水，我们说刚刚喝过，还是坐下说会儿话吧。

三舅和我们在屋里坐了一会儿，自己就出去了。一会儿进屋来，三舅提进一条面袋子，面袋子鼓鼓囊囊装了半袋子东西。三舅说：你们来我也没有什么招待你们的，菜窖里还有点儿苹果，你们拿去吃吧。原来三舅刚才下窖拿苹果去啦！我事先要是知道，说什么也不会让他去，喝了那么多酒，菜窖里黑咕隆咚的，要是出点儿事儿可就不值了。我妻子说：可别拿这么多，还是留出点儿自己吃吧。三舅说：都拿上，你看我把袋子口都扎死啦！

　　从三舅家出来我们直接回家。进了家门，妻子说：跑了大半天把我累坏了，三舅送的苹果我想吃一个。我说我也想吃一个，你去洗吧。妻子去解系苹果袋子的绳子，绳子挽成了死结，使很大劲儿也解不开。我说找把剪刀把绳子剪断。妻子打开袋子叫我，说你快来看看，不是苹果。我近前一看，我俩都笑了，原来是半袋子土豆。

两个和尚

有庙宇的地方风景自然好。

清凉山谷有两座庙宇，仅隔一条清澈见底的溪流，虽鸡犬相闻，但山高谷深，老死不相往来。两座庙均靠山邻水，一座庙坐北朝南东高西低开西门，一座庙朝南坐北西高东低走东门。两座庙里都没有井，庙里的僧人挑溪水吃。担水的和尚挑着两只装满水的木桶要走山路，身体负重且一步步登高，挑一担水倒数次肩，时时气喘如牛，僧衣掩汗。

东边庙里先住进一位云游老僧，见小庙墙壁坍颓，堂内神像金身脱落，殿旁有断碣一方，字迹模糊，已看不明白。眺望院内露出几株古松，倒也苍老古朴。老僧尤中意小庙邻村，香火旺盛，善男信女常奉供品；不愁吃穿度用，唯吃水艰辛，令人怅然。

平日里，老僧时常放下水桶，受过戒的白茬秃头汗流涌动，不及拭干，便有居士上香敬奉。老僧忙披袈裟、挪钟磬，一边敲出悠扬之声，一边乜斜香客的供奉。香客散去，老僧便代替神仙乐享其成。日复一日，优哉乐哉……

忽一日，老僧贪恋禅床，微醒睡眼，隐约听见敲击木鱼之声。老僧起身半卧，竖直耳朵，听得真切，确是木鱼之声，遂披衣下床，跨至院中，辨明此声源自河西。河西庙中已住进僧侣？老僧觉悟，依稀记起久不早课，匆匆摆正木鱼，掸去浮尘，煞有介事地敲击起来。

旭日东升，香客未至。老僧抄起扁担，牵起两只死沉死沉的木桶下山担水。踏至溪边，见对面山梁亦走下一肩挑木桶、身着僧衣、身量矮小、清瘦、脑壳像一枚刚挤出母鸡屁股的卵子，与己年龄相近的僧人。对岸僧人放下扁担首先见礼：阿弥陀佛。老僧还礼：善哉善哉。而后相安无事，各行其是。老僧负重两桶清水，气喘吁吁，心中暗叹：老矣！思日久天长，长此以往，体力渐渐不支，感叹，愁矣！

日升日落，天长日久，两个僧人常在岸边不期而遇。但老僧神态高傲，蔑视对方。对岸僧人几次寒暄，均被老僧弄得不尴不尬，故相对无言，自行其便。

时过境迁，老僧依然每日清晨到溪边挑水，但他久不见对岸僧人前来担水，实感蹊跷。老僧疑对岸僧人改了担水时辰，他便早中晚分别去溪边担水，然仍不见对岸僧人。老僧疑惑：云游？圆寂？

久而久之，老僧觉得事不关己，不思此事。

一日，老僧又去担水，乘隙在溪中龟背石上捶洗衣物，忽闻岸边林间小路有窸窣之声，侧目视之，乃对岸庙中僧人。老僧摒弃昔日亢态，忙起身问何往？为何久不见到溪边担水？僧笑答：下山添置一些盐食杂物，路过此地。并说，平日打坐、焚香、云游、化斋之余在院中掘一口井，虽一锹一筐形同蜗动，然日久天长，终就一井，水质清澈甘甜，故不担水，免去往来负重之苦。

　　僧去。老僧哀叹：贫僧老矣，将之奈何？！

扫帚革命

A厂是一家小型国有企业，即便在一轮又一轮的国有企业重组转制风潮中，私人和集体也没有参入一分钱的股份，是一个地地道道、原汁原味、不折不扣的国有企业。从二十世纪七十年代初建厂，至二十世纪末，A厂一直是县级财政的纳税大户。在国有企业重组转制中，不是没人动过A厂的心思，真有那么几个财大气粗的家伙，怀里揣着真金白银，神不知、鬼不觉地去领导家谈转制的事儿，都被领导老婆一一挡驾了。领导解释说，不是我们不想转制，主要是厂里职工不干，他们怕没了铁饭碗。职工中确实有人放出话来："谁砸了我们的饭碗，我们就领着老婆孩子到谁家去吃饭！"好家伙，这样的饭谁管得起？领导们权衡利弊，觉得还是息事宁人的好。就这样，A厂转制的事被撂下来，一直搁了很多年。

有一年，有B村村民到A厂来闹事。几个村民集结成一支队伍走入厂区，闯进厂长办公室，干扰了厂长日常工作不说，还影响了厂里正常生产。厂长拿村民没办法，惹不起躲得起，就把厂里锈迹斑斑的大铁门锁上，黑天白日都锁着，还放出狼狗。村民们进不了厂区就刨进厂的路，在通往厂区的公路上挖壕沟，本来就坎坷的进厂公路走不了人，更过不了车——A厂用的是B村地下的水，占的是B村田边的地，你中有我、我中有你——A厂成了一座孤岛。这回厂长没辙了。没辙了的厂长就找来会算计的厂会计想辙，厂会计说冤有头债有主，村民闹事就找村委会主任。厂长把大腿一拍，说，这点儿事儿由你来摆平，再有事儿我冲你说话！

厂会计把B村村委会主任让进职工食堂，七八个菜、十几杯酒下肚，村主任有些迷糊了。厂会计趁村主任犯迷糊的工夫，问：在村里你说话管事儿不？村主任脸涨得通红：废话，我放个屁，全村至少臭三天！厂会计一听有门儿，屁股赶紧离开板凳，接连敬酒三杯。村主任又三杯酒下肚，打起响嗝，说：有话说话，屁憋在肚里不难受咋的？厂会计顺势提出让村主任管管村民闹事之事。村主任说：你们厂污水管儿排出的臊尿汤子直接灌进村边的河，河里的水又流进村里的井，村民们不砸你们厂已经是客气的啦。

厂会计提出让村主任帮助安抚村民。村主任说没钱安抚不了。厂会计说，我们厂已经风雨飘摇、朝不保夕了，拿不出多少钱安抚村民。村主任说安抚不了大家安抚我个人也行呀。厂会计说你说说怎么个安抚法？村主任说我儿子初中毕业了，在你们厂给他安排个工作。厂会计说工作安排不了，现在生产不景气，部分职工还面临下岗哩。他还想多说几句，可村主任趴在饭桌上睡着了。

　　厂会计向厂长汇报了请村主任喝酒，和把村主任灌倒在桌子上睡觉的过程，并转达了村主任的个人诉求。厂长说：招工肯定不行，厂内职工都要裁员，如果这时候再招人，裁员的事情会很难办。厂会计说：这事要做到双方满意也不难，就让村主任儿子干点儿职工不愿干但又必须干的活儿，比如疏通下水道。厂长夸奖说：你这个点子好，村民不是对咱们厂排放污水不满意吗，咱就让村主任的儿子疏通污水排水沟，把排水和他的生计联系在一起，不让咱们排水了，他就断了生计。厂长补充说：为长久计，最好让他承包下水道，以后排水有问题就直接找他。

　　厂会计领受厂长的指令，第二天就把村主任邀到厂部办公室。这回没到食堂喝酒。厂会计善算计，这回是厂里要给村主任办事，应该村主任请他喝酒才对。厂里的酒又不是大风刮来的。

　　厂会计约见村主任，开门见山，说让他儿子到厂里疏通排水沟，干活给报酬，不算厂里的职工。村主任听说儿子不能入厂当工人很不满意，就说：来你们这么个烂工厂，咋还不是正式工！厂会计说：厂里马上要裁员，正式工都下岗；你儿子把疏通下水道的活儿承包下来，只要工厂存在就拿钱，裁员也裁不到他头上。

　　村主任一听也是这么个理儿，就问咋承包法？

　　厂会计说：可以总包，按月开支；也可以按次付费，疏通一次给一次的钱。

　　村主任说：我回去和我那贼小子合计合计。

　　村主任和他儿子商量的结果是按次付费，疏通一次给一次的钱。厂会计说，这样也好。

A厂的排水沟都是直排水，雨水和从车间里排出来的污水经过一段暗沟，再经过一段明沟，又经过一段暗沟，就排到了工厂墙外的河里。过去排水沟原本都是暗沟的，只是因为经常堵塞，为了好疏通，才掀开一段明沟。

　　自从B村村主任的儿子承包排水沟以来，A厂的排水沟比以前堵得更厉害了，先是三天两头堵，到后来变成了两天堵三次。厂里无论白天黑夜，经常往村主任家打电话。村长的儿子还真不错，无论黑夜白日，一打电话就来，一来马上就疏通。月底一算账，村主任的儿子一个月拿了厂内职工三个月半的工资。厂长纳闷：难道是排水系统年久失修的问题？

　　到这年年底，A厂还没来得及走完第一批下岗职工的审核、报批程序，工厂就因产品滞销、入不敷出而关门歇业了。工厂里机器停产、工人回家，可排水沟每逢雨天依然还堵，厂长决定叫上厂会计到排水口实地考察一次，当他们穿上高筒橡胶雨鞋来到排水口察看时，发现排污口插一把竹扫帚。厂长很惊讶，问厂会计这是干什么用的？厂会计说：这您还不明白，就是疏通时把扫帚拔掉，疏通完了再把扫帚插上，这样疏通快堵得也快。

　　此时，厂长想起了"最后一根稻草压倒骆驼"这句话，他套用过来对厂会计说：这是压垮我们厂的最后一把扫帚！

单升级

老王老赵老马老孙是打扑克牌的牌友，平时总往一块儿凑。四个牌友数老王牌瘾最大，晚上一没事就给赵马孙三位牌友打电话，如果其中一位有事儿凑不齐，老王急得恨不得脑袋瓜子往墙上撞。看到这儿朋友会问，老王咋那么死性，不会另找别人，至于撞墙吗？其实老王并不死性。我跟您这么说吧，现在人们都玩双升级、炒地皮、斗地主了，老王只痴迷于单升级，可这座县城里除了老王只有这三位会打单升级，再多一位，没啦！当然，老赵老马老孙也有主动邀请老王的时候，老王得到邀请，经常是晚饭不吃就走了；要是正吃晚饭，便撂下筷子就走，多一口也不会再吃。有时候他老婆看着生气，就说，扑克那么好，还找媳妇干啥？老王一听乐了，说，跟你这么说吧，我当初要知道打扑克也有人管着，我结婚娶媳妇真是多余。

老王老赵老马老孙打扑克，很少有人歪脖子围观看，多数人是看不懂，也有看懂的，但觉得这种游戏过于简单，没看头。如果偶尔有人看到他们玩儿，看不懂的会说，玩儿的啥玩意儿？能看明白一点儿的会说，一副扑克也能打升级？没见过。有一点儿娱乐阅历的，会说，现在都进入两副甚至三副的"拖拉机"时代了，还玩儿一副的，该上非物质文化遗产保护名录啦！

说者无心，听者有意。老王听了这话还真为"一副扑克打升级"申报县级非物质文化遗产保护名录的事儿和三位牌友商量过，三位牌友意见相当一致，同意申报，项目传承人自然是老王啦。老王为这事还专门找到县文化局领导。老王问：单升级能进入县级非物质文化遗产名录吗？领导说，不行，按说单升级这种扑克游戏属于非物质文化遗产保护范畴，可它不是我们县独有的，我们不能申报。老王有点儿急，说，现在打单升级的人不多了，如果再不保护，这种玩法过几年恐怕要失传了。领导说，单升级过去在民间流传很广，就是保护也是国家的事儿。老王还挺执拗，说，听说韩国人抢先把端午节注册了，咱们先把它保护起来，不就成咱们的了吗。领导说，事情没那么简单，比如说天上的月亮，如果月亮是咱们独有的，咱们可以注册为自然文化景观；可全世界共有一个月亮，哪个国家都能看到，咱们要是把月亮注册为咱们的自然文化遗产，能行吗？老王还是不理解，出门时嘴里还在磨叨：这样的人也能当领导，死症！

老王牌瘾大，牌技也高，即使抓到一把很普通的牌，经过他的奇思妙想，也能打出出神入化的好牌，他经常能以弱制强、出奇制胜。

那天，他们四位牌友又聚一块儿。老王和老马、老赵与老孙互为搭档，捉对厮杀。他们事先约好三局两胜，结果前两局通过多次拉锯战，打成一比一平，第三局战至双方均打老 A，距胜利就是一步之遥。这一把轮到老王坐庄，可老王运气不佳，敌家老孙只给他亮了三张主牌，可六张底牌起了五张方块。老王捋起牌一看，美了，虽然只三张主牌，可方块捉了一把，有取胜的机会。老王第一张牌打出一张方块，每人跟出一张。老王庆幸，又出一张……经过老王精确计算，别人手里应该没有方块了。这时老王的搭档老马上手，打出一张副牌，老王毙掉，一下甩出五张方块。老赵、老孙每人一手好牌竟没捡够分儿，也没抠到底，老王和老马赢了。老王高兴得站起来。老王刚站直又捂着胸口坐下了。老王说，快去医院！大伙儿一看老王心脏病犯了，都傻眼了。老赵说，咱们都把自己出过的牌装好，老王有个好歹，他老婆问起来，咱们有牌为证，好有话说，咱们可没有故意陷害他。

老赵、老马、老孙把老王送到医院，经过医生、护士一阵忙碌，老王没事了。老王缓过劲儿来，躺在病床上微笑着说，真没想到，这把牌我们还赢了。老赵问：你甩的那把方块最小的是几？老王说，是 7 呀。老赵说，不对呀，你出了两张方块，我有三张方块，我手里还有个 8，你根本甩不了，不信你看。说着，老赵就要掏兜里的牌。老王一听就急了，说，老赵，你也忒差劲，我差一点儿命都没了，你还跟我玩儿奸！

耗子咬了手

　　小乔和往日一样脚步轻盈地走进办公室，老邹也和每天一样从锅炉房打了两壶开水回来。小乔发现老邹右手食指上缠着一绺子蓝布条。老邹下班回家经常顶着星星干农活儿，磕磕碰碰是常有的事，她没太在意。

　　过了一会儿，隔壁主任过来倒开水，问老邹手怎么弄的？老邹轻描淡写地说，早上摸黑在家倒大白菜，倒出一只小耗子，活蹦乱跳的，用手去捉，不想被反咬了一口。主任倒水的手不由得颤抖了一下，他放下水壶问老邹咬破了吗？老邹觉得主任礼贤下士，很感动，忙说，咬了两个针尖大的小眼儿，出了点儿血，不碍事的。旁边对着镜子搽口红的小乔听老邹说手是被耗子咬的，就停下手里的活儿，开始动员他到防疫站打疫苗。老邹说自己没那么娇嫩，用不着。不可掉以轻心，还是看看医生的好——主任嘱咐完老邹，又问小乔：我昨天交代给你的事情办完了吗？小乔说办得差不多了。主任说一定要抓紧落实！说完就端着水杯走了。

小乔听说老鼠伤人会得鼠疫，而且鼠疫还会传染，就极力鼓动老邹去打疫苗。并告诉老邹，得了鼠疫会死人，而且没治。老邹从二位的言语中感觉到问题似乎有些严重，就问打疫苗要多少钱，能在公费医疗报销不？小乔说大概要一百多块钱，打疫苗不是看病，不能报销。小乔让他具体去问问主任。老邹想起来了，主任的爱人在防疫站工作。

老邹到隔壁去找主任咨询，还特意提过去一暖壶开水。

老邹从主任屋里回来告诉小乔，打防疫针可能需要两百多块钱，并说打一针不行，要打就是一个疗程。小乔说，你去打你的针，单位的事我应酬。老邹说，不打针也不一定就会有事，再说了，两百多块钱，能买一汽车大白菜。我那千八百斤白菜，忙活了一季，也值不了两百块钱。老邹的话自有他的道理。他工作快三十年了，一无职称，二无职位，每月工资就那么几百块钱，可老婆孩子都在农村，两个孩子一个上职高，一个上技校，全家四张嘴吃饭，八只手花钱，就指望他那点儿工资哩。

对于老邹被老鼠咬了手这件事，小乔百分之一百在意，她倒不是完全出于对老邹的关心，主要是怕危及自己——老邹果真感染上鼠疫，她也不能躲在家里不上班呀。再说了，感染他还是次要的，她已经怀孕，现在孩子三个月大。万一和老邹接触不注意，感染上鼠疫，那孩子也就在劫难逃了。小乔拿定主意要让老邹去打疫苗。

小乔对老邹说："听说鼠疫可以在体内潜伏三十年，你不去打疫苗，就等于在体内安放了一颗定时炸弹，三十年之内，谁也不知道它什么时候会引爆，随时危及你的生命。"

老邹说："两百块钱也忒贵了。"

小乔显得很有耐心，继续说："不知你算过没有，以后的时间，包括你退休以后，你每多活一年，就能多拿几千块钱，鼠疫一旦在你身上爆发，这一切可就都没啦。"

老邹被说动了心，觉得小乔、包括主任，对自己都这么关心，再硬扛着就真对不起大家了。老邹开始抠抠唆唆地从几个衣兜里往外翻钱。小乔显得很大气，从自己皮包里甩出三百块钱。老邹感动得像鼻孔里滴进了醋汤……

小乔不再想鼠疫的事，就开始琢磨刚才慷慨甩出的那三百块钱的事。等她什么都想完了，心静下来，老邹也从防疫站回来了，可手指上依然裹着那绺蓝布条。

小乔问："打针了吗？"

"去了，没打。"老邹答。

"怎么没打？"

"钱没带够。"

"光我借你的就三百，咋会不够？"小乔又把自己借钱的事强调了一遍。

"主任的爱人说，现在疫苗费加注射费最少也要三百八。"

他们正说着，主任端着水杯踱进屋来，问："二位在讨论什么话题？"

小乔说："老邹在说打疫苗的事。"

主任看了看老邹缠裹布条的手，认真地说："怎么，没去看医生呀？"

老邹说："去看了，要三百八。"

"三百八怎么啦，生命可是无价的。要是健康都不能得到保证，其他的就根本谈不上了。"

老邹知道主任是一番好意，也知道他讲得很有道理，就打断他说："刚才我去了，钱不是没带够吗！"

主任似乎没有听见老邹说什么，他又一次叮嘱小乔说："我交办你的事情一定要抓紧落实哟。"

主任捧着水杯临出门时，回过头来又一次对老邹说："你要抓紧治疗，可不是开玩笑的。据我爱人讲，上个月有个小孩被狗咬伤后就死掉了。"

主任回他屋去了。老邹对小乔说："我上个礼拜就被狗咬了一口。"说着，他就挽起裤腿，让小乔看他腿上的伤。

小乔说："主任让我下班前给他破三百块钱零钱。反正你打疫苗的钱临时也凑不够，我那三百块钱你还是先还给我吧。"

老王修鞋

老王的凉鞋坏了，是人造革袢带泡沫底，前边探出脚指头、后边露出脚后跟的那种鞋。据他讲，这双凉鞋穿在脚上既轻又软很舒服。也许他是吹牛，鞋穿在脚上，舒服不舒服只有自己知道。

老王这双凉鞋是三年前的夏天和我一起到中原一座大城市出差时买的。那次出差是参加一个产品订货会。我们单位是行政单位，我和老王都是在职公务人员，本来和这类会议活动是挨不上边儿的，只是我们单位掌握着企业的一部分审批权，不知哪位企业负责人把事情想得如此周到，在组团时把我们也考虑进去了。

我们单位领导看我整天加班写材料很辛苦，早就许诺如有合适的机会就让我出去一趟，这次机会终于来了，领导果然兑现了承诺。老王就不同了，这次本来是没有他的，只因他年岁大了，职务也上不去，总闹情绪，不知我们领导在幕后又和企业负责人怎么做了工作，又加一个名额，老王也就去了。就像在农贸市场买菜，本来是买一颗大白菜的，买菜的手里捏着钱一矫情，卖菜的一心软，又搭给一根胡萝卜。老王就是那根胡萝卜。

我们那次住的是五星级酒店，我和老王都是平生第一次住这样高档的酒店，就是到了五年后的今天，我也只是住过那么一次那样档次的酒店。

中原那座大城市，夏天热得人魂不守舍，但酒店的每个角落里都有冷气——没有冷气可受不了，会务组统一要求参会人员着正装。从那时起我才知道所谓正装就是西服、领带，外加皮鞋，可能只对穿在贴身里面的裤头没有什么要求吧。出发前，老王一狠心破费两百五十块钱，专门置买一套西装，商场还赠送了一条领带。商场自然不会做赔本的买卖，赠送领带也是羊毛出在羊身上，做生意嘛。

我和老王同住一间客房。老王躺在整洁宽大的席梦思软床上发感慨，说五星级酒店就是五星级，房间宽敞，地毯也软和。我故意逗老王说，是不是离开你们家五口人两居室、你在卫生间里撒尿你儿媳妇就能听到的居住环境，有些不习惯？老王说我净瞎掰！尽管嘴上这么说，但他头一天晚上还是没睡着觉，我怀疑他是不是想起了在家躺硬板床的老伴儿。

酒店里再好也要到外面走走，就像老王八，尽管钻到河底的沉泥里很滋润、很凉爽，可还是要浮出水面晒晒太阳、透口气吧。

晚上酒足饭饱之后，我和老王用纸巾抹干净挂在嘴上的浮油，脱下西服外套，穿一件衬衣上街了。西服外套可以脱掉，皮鞋是必须要穿的，我们都没有带第二双鞋。

夏日晚上的人们就像蛰居一冬天的动物，终于熬到惊蛰了，一个个从角落里钻出来，城市的大街小巷立即就变成蚂蚁洞、烂虾塘了。

我们很羡慕老百姓的生活。夜幕下，白天穿制服的城市管理人员脱掉制服变成百姓了，百姓们就开始变得随心所欲，甚至肆无忌惮了——他们在马路边、广场上随意摆摊叫卖，随意躺坐；有的老爷们儿赤条条仅穿一双拖鞋、一条短裤；最可恶的是有的当了奶奶或没当奶奶的娘们儿，上身只着一件两根筋背心，一双蔫巴巴或半蔫巴的乳房在皮肤和针织布之间荡来荡去，让你想忍住不看，又忍不住要看。

　　我和老王沿着路边散落的地摊溜达。我只顾在一个旧书摊前翻书，没注意老王跑哪儿去了。说是旧书摊，实际盗版书居多，不知是哪个害眼病的编辑，把挺好的书印得一塌糊涂，常将"林彪"印成"林虎"，还不时出现"西野"这样的部队番号。我正蹲在书摊前翻阅那些廉价的盗版书，不知老王什么时候站到我身边，他先用手捅捅我，又指指自己的脚，说，鞋！

　　我见他将皮鞋换成了凉鞋，问：刚买的？

　　才三十六块钱，挺脚轻。你不来一双？看他那神态，这双鞋不像是花钱买的，倒像是白捡的。

　　我问：皮鞋呢？他拍拍手里的塑料袋。

　　城市的风景体验得差不多了，我们回到酒店，可到了酒店门前酒店保安不让老王进门，说他衣冠不整。老王很生气，问怎么衣冠不整了？服务生说酒店有规定，祥带儿凉鞋属于拖鞋，不准入内。老王还要争辩，我在一旁说算了，既然住人家的酒店就要守人家的规矩。老王只好把塑料袋里的皮鞋拿出来穿上，把刚买的凉鞋装进塑料袋里。老王进了酒店心里还有些愤懑，说，这么好的酒店咋雇这么俩保安。我说，人家这是规矩。

老王说，狗屁规矩！

整整三个夏天老王终于把凉鞋穿坏了，他要拉我和他一起上街修鞋。我说三十六块钱买的鞋穿了三十六个月还多，每月折合不到一元钱，你穷疯！老王说不是，他是想再买一双这样的凉鞋，可是没买到。老王最后还给我整出一句"十三不靠"的名言：糟糠之妻不下堂嘛。

老王修鞋去了小半天，回来后对我说修鞋只花了三块钱。我说又够你穿三年了。老王说，现在的人真敢张嘴，也不怕闪了舌头。我问咋回事？老王告诉我他提着鞋一开始进了一间修鞋房，修鞋房的招牌上写着"艳艳修鞋房"。老王一进门见货架子上摆着各色新旧皮鞋，一个穿着超短裙、抹着口红的妖艳女孩儿给他沏上一杯茶。老王说他不喝茶，修鞋，并问：师傅在吗？女孩说她就修鞋。老王问修这双鞋多少钱？女孩说三十元。老王一听直犯傻，说我买这双鞋才三十六元，修一下就三十元！女孩说您可以花三百元办一张会员卡，有会员卡花十元就行啦，我们有发票，回去可以报销。老王一听，茶也没敢喝一口提着鞋就跑了。我问那你在哪儿修的鞋？老王说他提着鞋又在街上绕了半天，最终在一个贴满小广告的电线杆子底下找到一个摆修鞋摊儿的老头儿，他坐在小马扎上等着老头儿修鞋的同时，旁边墙根处还老有人站着撒尿。我问他修鞋的老头儿为啥找那么个地方修鞋？老王说他问老头儿了，老头儿说被城管人员追得无处躲藏，只好找这么个地方。

老王走后我自己琢磨：同是修一双鞋，有营业执照和无营业执照、有固定营业场所和无固定营业场所、年轻女人修和年老男人修，价钱能差这么多！

对了，别管叶子好赖，还有一杯热茶呢。

炖　鱼

我是个厨子。其实我就是个厨子，当了半辈子厨子，换过好几家小饭店，也没混进大酒楼当过厨师。现在退休了，老伴儿说，"我名义上嫁给个厨子，可没享受过几次你给我做的饭菜，这回回家了，你也该伺候伺候我，让我享受享受了。"

我听了老伴儿的话，觉得确实亏欠她很多。结婚这几十年，老伴儿在家照顾老人、伺候孩子，平时都是她做饭，我每天早出晚归的，尽伺候别人了。现在回到家，也该伺候伺候老伴儿，让她享几天清福了。

开始一段时间，我每天在家做饭，老伴儿很受用，自然也没说什么。可日子久了，老伴儿说，不怨大饭店不要你，每天饭菜一个味儿，我看你就是个庸厨子！我有些不服气，心想，我好歹也是个厨子，至于那么惨吗？

临近中秋节，外甥给我们送来一条白鲢鱼，鱼很大，大概有十多斤吧。外甥对我老伴儿说，这是官厅湖里的鱼，野生的，我舅舅会做，送你们老两口吃吧。

外甥走了，我征求老伴儿的意见，问：你看这鱼怎么个吃法？老伴儿说，你是厨子，怎么还问我？你怎么做，我怎么吃。我说，这是鲜鱼，鲜鱼最好清炖，咱们清炖吧。

十多斤的鱼，我们两人一顿吃不了，我就把鱼刮好、洗净、分成几段，留下一段吃，剩下的几段放在冰箱里冻上，可以随时解冻，随时吃。

我剥葱、剥蒜、准备生姜，满心欢喜地做好一锅。我叫老伴儿吃饭，老伴儿懒懒地走到饭桌前，还没动筷子就说，瞧你这鱼做的，白不啦唧没有一点儿色儿，一看就没有食欲，咋不多放点儿酱油？我解释说，清炖鱼讲究的是鲜，少盐少油，酱油多了就不鲜。老伴儿坐下吃饭，一顿饭她就吃了两三口鱼。她吃得不开心，我也没了食欲。一锅清炖鱼几乎全剩下了。我一个人吃时热、热了吃，端上端下吃好几天，清炖鱼的鲜味儿早没了。

过了几天，我对老伴儿说，鱼不能在冰箱里冻时间长，时间长就不好吃了，咱把冰箱里的鱼吃了吧。老伴儿说，吃鱼可以，可你要多放一点儿酱油，白不啦唧不上色儿，我一看就够了。我一听这好办，上次是鲜鱼，现在冻了几天，就成冻鱼了；炖冻鱼要多放酱油，还要放料酒，不然就去不了腥味。

我提前从冰箱里拿出一段鱼，化上，又重复一遍剥葱、剥蒜、准备生姜的过程，在炖鱼时尽量少放水，多放酱油。鱼炖好了，我叫老伴儿吃饭。老伴儿懒懒地来到餐桌前，盛碗米饭坐下，用眼扫了一下盘里的鱼，说，色儿还不够，你不会多放点儿酱油。我说，酱油也不能放太多，酱油太多就苦了。我又说，酱油太多了就没了别的味儿，就成酱油汤子煮鱼了。我在厨房里忙活了半天，又解释了半天，老伴儿只尝了一小口鱼。我心想：这可比我在小饭店伺候客人费劲多了。在小饭店里做菜，做什么样是什么样，厨子只管做，不管解释，解释是服务员的事。我现在倒好，既是厨子，又是服务员。有时候我真怀疑自己的手艺，做老伴儿的专职厨师，可连老伴儿都伺候不好。我还真不信了。

这回的剩鱼，我吃了两天没吃完，倒了。

又过了几天，我还是惦记冰箱里的鱼，冻时间长了就不好了。这回我没有征求老伴儿的意见，就自己做主开始做鱼。征求她的意见也没用，反正她是想吃就吃，不想吃就不吃。征求她的意见，她也不一定吃。

我躲进厨房又开始剥葱、剥蒜、准备生姜。老伴儿不是老说鱼做得色儿不深吗，这回我给鱼过一下儿油，先给它上上色儿，再多搁酱油，再给它加重色儿，另外，在炖鱼时又放了些糖，糖加热以后形成焦糖，既可以上色又可以提味。还有，冻鱼本来就少了鲜味，色重点儿，加点儿糖，再放些醋，会给鱼增味。我这样一套下来，鱼做好了，我叫老伴儿来吃鱼。老伴儿懒懒地来到桌前，这回看到鱼，她眼睛里有了喜悦的光芒，说，看这鱼的色儿还行。我听她这样说，心想：终于让她满意了。她拿起筷子夹了一大口放在嘴里，咂摸一会儿，脸上的表情由喜变怒。她拿着筷子问我：放糖了？

我说，是，放了点儿。

她把嘴里的鱼吐出了，说，难道你不知道我有糖尿病吗？！

这回的鱼我也没吃，我直接给倒了。

家长里短

二叔被驴踢了。二叔确实是被驴踢着了，但绝不是人们平时常说的"脑袋被驴踢了"那种，而是大腿被驴踢了。毛驴尥蹶子劲儿不大，后腿抬得也不像马尥蹶子那么高，所以踢到了二叔的大腿。大腿只是受点儿皮外伤，也没伤到骨头。

二叔的大腿被驴踢了，无法下炕走路，更无法下地干活儿，便坐在炕上胡思乱想琢磨事儿。二叔把院里田里的事儿想完了，觉得没有当紧的活儿要干，可以踏踏实实歇几天的时候，他突然想起了自己的孙子。他想自己小半年没见到孙子了，打心里想念。自己现在被驴踢了，也是一个让儿子、儿媳带孙子回家来看看的理由。他想好了，就让二婶给在城里工作的儿子打电话。

二婶拨通了儿子的电话，听到电话里高一声低一声乱哄哄的，好像儿子正在饭桌上和别人吃饭。二婶生怕儿子听不清楚她说话，就大声喊："儿子，你爸爸让毛驴给踢啦，你如果有时间就回来看看。"

"啥玩意儿？我爸爸让驴踢啦！"儿子这一反问，引起旁边人的一阵哄笑。

二婶听到电话里的哄笑后，就没了声音，估计是儿子把话筒捂住了。过了一会儿，准是儿子到了没人的地方，就听到儿子在电话里急切地问："驴踢到我爸哪儿了？伤得重不重？"

二婶怕儿子着急，就一再说没踢到要害处，伤得也不重，估计过几天就能下地走路啦，你们也别太着急，有时间就回来看看。

儿子说既然伤得不重，那就等星期六休息了，带上媳妇、孩子一起回家去看爸爸。

二叔听说孙子星期六就能回来，心里美美的，他便开始算计了：今天是星期四，隔明天一天就是星期六，星期日也是休息日，估计他们会在家里住一宿。他吩咐二婶说，明天你打扫打扫屋子，把他们的铺盖该晒的晒晒，准备准备这两天的吃喝。

儿子说星期六回来，可没说什么时辰到家。星期六一大早，二叔就支使二婶到村口公路上去迎儿子。二婶说，年轻人爱睡懒觉，不会这么早回来。二叔说，几十里的路程，开着汽车，那还不是一脚油门儿的事儿。

二婶站在公路边，来往路过的乡亲都和她打招呼。有的问，他二婶，一大早站那儿等谁哩？有的说，二婶，今儿是不是儿子回来？还有个别知情人问二叔被驴踢得要紧不？二婶很畅快地和人拉着话儿。

二婶人在路边等，可心里还惦记着给儿子他们准备午饭呢。二婶回到家，一边准备饭菜肉食，一边埋怨二叔，我说没这么早嘛，你偏让我出去等……

临近中午了，二婶捏了满满一大篦子饺子。在二婶正要打扫面板、收拾瓢盆儿，准备结束活计的时候，里屋的电话响了。

　　二婶放下电话，一脸茫然地看了看炕上的二叔。二叔问谁来的电话？二婶说，儿子，说他们一家被朋友邀请，到乡下一个度假村度周末去了，这周就不回来了。

　　听了这话二叔很生气，他抓起一把扫炕笤帚，用笤帚疙瘩狠狠地敲击着炕沿子，对二婶怒吼道：你给他打电话，就说我有病了，就说我被毛驴踢了，就说我脑袋瓜子被驴踢啦！

家　事

夏天，天刚放亮，鸡就叫了。常叔听到鸡叫，便开始放开嗓子咳痰。要是搁在平时，常婶又要说一些"干脆把烟戒了、不抽烟也死不了人"之类的闲话。今天常婶听到常叔咳嗽，就问：你想好了吗，不去？常叔也知道常婶早醒了，天还没亮就听到她来来回回翻身。常叔没有回答去还是不去，他坐起身来，用手拨拉着生硬的、灰白的头发茬子，脸对着发白的窗户纸发愣。

昨天傍晚，常婶接到在城里工作的儿子的电话，说儿媳妇坐月子，让她去城里伺候月子，并说让常叔一起去。儿子知道他爹不会做饭，离开他娘就要挨饿。

常婶对儿媳妇坐月子的事早有准备，但没想到会这么快，幸亏她提早就做好了几件小衣服，还拆洗好很多旧秋裤、破衣服，上锅煮了煮，叠了整整齐齐一大摞。常婶做这些的时候，常叔在一旁泼凉水，说都什么年代了，谁还用这个！常婶说，用不用在他们，我这当奶奶的不能不准备。常叔说，你准备吧，非让那个亲家母给你扔了。

常婶也知道，亲家母不是个省油的灯。

儿子结婚后，亲家母来家一次。记得那是个冬天，院子里还有积雪，儿子开着辆汽车回来，拉着亲家母和儿媳妇。儿子提前来电话说，他丈母娘要来家。并说丈母娘是个讲究的人，要他妈搞搞家里的卫生，饭也要准备得细致一些。

常婶多少知道一些亲家母家里的情况，她早就和丈夫离了婚，自己开个公司做买卖，挣了不少钱。儿子结婚时她给买的房，她给买的车，婚礼也是她出钱操办的。想起这事常叔和常婶就觉得气短。

亲家母来的那天，穿一件毛冲外的黑皮大衣，戴一顶毛冲外的黑皮帽子，围一条毛冲外的红围巾，戴着副宽边大墨镜。她进屋后墨镜一摘，常婶一看，快六十的人了，就像四十岁似的。常婶当时想，跟人家比比，自己算是白活了。

亲家母进屋来，不上炕，也不喝水，吃饭时也没怎么动筷子，嘴里还一个劲儿地嘟囔：这屋里一股子烟味儿，我最受不了这烟味儿！

儿媳妇和她妈不一样，没心没肺的，一进屋把两只靴子一甩就上炕了，坐在炕头上，还说，这炕太热乎了，今天我就睡土炕喽！全不看她老公公还在屋里……

常婶看常叔坐起来，自己也开始摸摸索索穿衣服。她一边穿衣服一边对常叔说，你去了，首先一条就是不要在屋里抽烟，楼房地方小，坐月子又不让开窗户，大人孩子都怕呛。

常叔好似没听见常婶的话，依然脸对着窗户两眼发直。

常婶穿好衣服，叠好自己的被子，就去拽常叔腿上盖的被子。拽开被子看到了常叔两只大脚，就又说，去了儿子那儿，每天晚上都要洗洗脚。你这双汗脚脱了鞋，别人在屋里就别待了——去时多带两双鞋，勤换着点儿。另外，把你那双塑料拖鞋也带上，进屋上床的也方便。

常叔穿好衣服要到院里去，他们昨晚上说好了，把鸡窝里的一只公鸡和两只不怎么下蛋的老母鸡杀了，带到城里给儿媳妇吃，其他下蛋的鸡养在家里交给邻居喂。

常叔从院里进屋来，常婶问：那几只要杀的鸡抓起来了？

常叔说抓起来了，都扣在箩筐里。常叔犹豫了一下，用商量的口吻对常婶说，我还是不进城了，你一个人去吧，我去了也搭不上手，家里地里还有一摊子活儿哩。

常婶停下手里的忙活，说，我走了你咋吃饭？

常叔说我一个人对付点儿就行，实在不行可以去左邻右舍讨饭吃。

常婶有些丧气，说，我说你还是跟我一起去。咱们俩一起去，那是去儿子家；我一个人去，我就像个奶妈子。

常叔听了常婶的话有些激动，涨红着脸说，我一个大老爷们儿，不想遭别人的白眼，不想过寄人篱下的日子，要去你就自己去！

灯　泡

　　老刘在镇上一家旅店干勤杂工，平时的工作就是搞搞卫生、剪剪花草、疏通疏通下水道什么的，活儿不累，也没什么技术含量，挺适合老刘这个人，干起来也得心应手。开旅店的老板是老刘的一个远房亲戚，他看老刘既勤快又老实，就把库房的一串钥匙也交给了他，让他兼任仓库保管员。老刘虽然没有"裤衩改背心"，工资袋里的工资依然像老太太的嘴，瘪瘪的，但他觉得自己得到了老板的信任，心里还是美滋滋的。

　　一日，老刘下班回家，见家里厨房的灯泡坏了，妻子正摸黑做饭。妻子说："明天下班顺便拿一只灯泡回来。"

　　老刘说："库房里的东西是人家的，咋能随便往家里拿，明天下班我顺路买一只。"

　　次日，老刘回家忘记买灯泡，见妻子依然摸黑做饭，就自责说："一天光顾忙了，忘了买灯泡。"

　　妻子顺势说："你就是个死鸡头、一根筋，木头脑袋不开窍，库房里的灯泡有的是，顺手摸几个回来不就行了，非得买买买，害得我连续两天摸黑做饭！"

老刘争辩说："库房里的东西不是咱们家的，不能随便拿，人家老板……"

"是是是，老板对你好，老板信任你。老板哪儿都好为啥不给你多加点儿钱呢？"妻子接着又说，"我告诉你，你可别拿根鸡毛当令箭。有权不用，过期作废……"妻子的一顿数落，把老刘满满一肚子道理全部噎回了脖腔子，弄得他张着大嘴没有了出响儿的份儿。

第三日，老刘忙到很晚才下班，他走出旅店时见满街皆黑，忽记起妻子嘱咐灯泡的事。他想这下可坏了，这么晚商店早已关门，今儿个再拿不回去灯泡，难过妻子这道关。他便贼似的溜进库房。

老刘来到存放灯泡的货架前，他觉得自己心跳得厉害，心跳声似乎震得库房的地面直"咚——咚——"地响。他把手伸向了存放灯泡的货架子，在抓起一个灯泡的同时，老刘依然犹豫。一边是妻子的威逼，一边是老板的信任，老刘这辈子头一遭儿遇到这样两难的难事。他把灯泡攥在手里，心跳手颤，不想，灯泡从手里滑落到地上，随着一声沉闷的炸响，碎玻璃片散落了一地……

一盒假烟

　　乔晋请我吃饭，我想都没想就顺口答应了。我和乔晋是铁哥们儿，从小的朋友，很投缘，几天不见如隔三秋，心里就像悬了一块石头。在一块儿待会儿，空口对白牙，上嘴唇挨天、下嘴唇着地，天南海北胡侃一阵，这是我求之不得的事。

　　我如期赴约，一进餐厅，已经有几位与我一样和乔晋关系铁磁的哥们儿先到了，正每人一支烟吞云吐雾，一间不大的餐厅满满塞一屋子烟雾。餐厅墙壁上不知是哪个好大喜功的家伙冠冕堂皇地钉了满满一墙的壁布，紫红色的壁布在历代烟民的共同努力下渐成了黑紫色，房间里散发着浓浓的苦烟味。我透过烟雾分辨出几张熟悉的脸，便招呼道：一个一个熏死你们！一个和我打招呼的哥们儿也不含糊：老大，这些日子不见，上哪儿泡妞儿去啦？我们是一帮典型的"狗嘴里吐不出象牙"的狐朋狗友。

　　乔晋最后一个进来，手里提着两瓶酒，胳肢窝里夹着一条玉溪烟。还是和我打招呼的那个哥们儿，矛头又对准了乔晋：你这请客的最后来，有没有诚心呀？乔晋说，我没到你们不是该来的也都来了吗！我们几个就数乔晋斯文，每天西服革履的，总系着条领带，衬衫都洗得雪白，一看就是事业有成的那种。有时候我就问他：就凭你，咋交了这么一帮朋友？他说：朋友有两种，一种是短期的利益朋友，利益没了朋友也就散了，没有这种朋友你没法生存；一种是知心朋友，像陈年的酒越品越厚，没有这种朋友你无法生活。什么生存、生活的，我听不懂，就觉得他和我们这帮"土老帽儿"一块儿玩儿有点儿委屈。

乔晋随便找个位子落座。我们这些人到一起没有主客卑尊之分，从开始谁也没讲究过这些，谁坐在哪儿都很正常。在一些正规场合，比如说谁家乔迁之喜、婚庆喜筵、满月酒宴之类的，只要没有长辈在场，我们就不分长幼，拽把椅子坐下，什么规矩，全没了。

乔晋问：点菜了吗？一个哥们儿说点了，全是鸡鸭鱼肉、海鲜鲍鱼什么的，不宰你宰谁？乔晋说，这就对了，最烦别人给我省钱。

在人已聚齐菜没上来的当口，我们就开始抽烟。乔晋就把拿来的那条玉溪烟拆开每人面前扔一盒，大伙一抽都说是假烟，又苦又涩，都指责乔晋从哪儿弄来一条假烟蒙人。乔晋说是一个客户送的，他不会抽烟，也不知道真假。有人就说，你们商人心都黑了，就知道赚钱。乔晋说，行，别骂了，下回再有烟我扔到河里打水漂还不成！

我们正说着烟的事儿，菜上来了，狗屁鸡鸭鱼肉、海鲜鲍鱼，只是一桌司空见惯的家常菜，但我们吃得很香，气氛很热烈。席间乱哄哄的，有离开座位站起来喝酒的，有出去上厕所的。瞅准机会我坐到乔晋身边，我说我母亲入冬这一段时间都不敢出门，一见风就咳嗽，乔晋认识人多，能不能找个大夫给我母亲看看病？乔晋说行，现在天气冷，就别上医院了，着了凉会加重病情，就找个大夫去家里看看吧。我说那敢好了。像我们这样的布衣平民，医生能上门服务感觉特荣幸！

饭吃完了，乔晋结账从门外进来，说，是谁连招呼也不打就把账结了？其中一个哥们儿就说，结了正好，下回你再请，我们又能多蹭一顿！

大伙乱哄哄地散了，我把我面前一盒未开封的假烟揣在兜里，真的假的无所谓，自己拿回去瞎抽。到底是谁结的饭钱谁也没细追究。

第二天晚上，我们家果然来了一位男医生。医生能上门看病我们全家都很感激，我妻子让茶。我就从自己衣服兜里顺手掏出半包我平时抽的红梅牌香烟，医生接过烟点燃了。我妈知道医生是来给她看病的，也从里屋出来坐在对面的沙发上，可一闻到烟味，马上咳嗽不止。医生也很识相，赶紧把烟掐了，就着就问我妈的病情。我妈一边吃力地表述，一边断断续续地咳嗽。我妈说不到的细枝末节，由我妻子又补充。医生并没有做什么必要的检查，也没有随身携带检查器具。我问他我妈的病怎么样？他让我明天到医院去找他。

我第二天去医院，医生给我妈开了二十几片甘草片，药很便宜，一共八块多钱。我妈按医嘱服用了甘草片，但咳嗽依然。过了两天，乔晋打电话给我，顺便问我母亲的病咋样了。我就把医生来家看病，我妈吃了一把甘草片依然咳嗽的事说一遍。乔晋在电话里说，医生和他说了，看我们家境也不怎么好，为我们家着想，少花点儿钱，所以才开了一些甘草片。乔晋给了我那位医生的电话，说我妈的病不好还找他，并说那位医生医道不错，他们家有人闹病总找他。我说医生能为病人着想是个好医生，只是不应该在为我妈治病上省钱。

那位男医生第二次来到我们家，这次带来了听诊器。男医生对我妈进行了必要的检查，便坐下开始说病情。他说病不严重，一是需要止咳，二是需要消炎。我不懂医，但觉得他的话非常有道理，有炎症我妈就咳嗽，咳嗽会让我妈吃不香，睡不着。

男医生坐在沙发上，我知道这时应该给他递上一支烟，可今天我兜里没烟，家里只有那天我装回的那盒玉溪烟了，没开封，我也不知是真是假。可没有办法，我又不能说家里没有烟，我就打开那盒玉溪牌香烟给他一支，他吸了一口，站起身来就要走。我问：什么时间找您去拿药？他说，我明天休息，后天吧。

第三天，我到医务室找到他，他正给一个病人开药，那个病人拿着处方走了，房间里就剩下我们两个人。他说，药我给你拿好了，一共是一百二十八。他问我能报销吗？我说不能。他说，那就把钱直接给我吧。他从桌子一侧的柜子里拿出一个塑料袋给我，塑料袋里有两瓶糖浆，包装十分精美，一瓶的商标上印着"金止咳糖浆"，另一瓶也是"金止咳糖浆"。

止咳糖浆我知道，什么川贝止咳糖浆、枇杷止咳糖浆，我都给我妈买过，一瓶也就几块、十几块钱，多加了个"金"字就这么贵！

又过了一段时间，我遇见乔晋，他还没忘记我妈咳嗽的事，问病好了没？都是老朋友，我就实话实说：没好！乔晋说，老咳嗽可不是好事，千万要重视。他让我带我妈去医院，做一次全面检查。

我们俩又聊了一阵儿别的，但我始终没说出"金止咳糖浆"的事儿。

村支书哪儿去了

夜里，下了一场瓢泼大雨，把村西小青河上的拦河水坝冲垮了，洪水威胁到村边的几户人家，村民们天没亮就聚集到水坝上堵豁口，党员们也来了，只是没见村里最年轻的党员——村支书。

过去村里一百多亩田地都是靠天吃饭，天涝地也涝，天旱地就干，但这些年雨水越来越少，年年光旱不涝，村里的收成很不好，多数青壮年都到外边打工去了。后来，村里在村西小青河出山口最窄处建起一座蓄洪水坝，把下雨时流下来的雨水拦住灌溉庄稼，村里有了水，大田里种果、种菜，水坝里养鱼、养虾，坝塘下游建起了养鸭场，村子成了鱼米之乡。特别是去年，外地一家药材公司看中了村里的水利、土壤、气候条件，在小青河岸边一下子承包了五十亩地建起大棚，现在满地的药材苗都很苗壮。

水坝上聚集下几十人，有几个没有外出的青壮劳力，更多的是老人、妇女和孩子，大伙儿看着水坝里的水汹涌向外翻滚，还冲走了很多鲤鱼和蛤蟆。

村民们没有领头的，不知道水坝该怎么堵，就开始在人群里寻找村支书。老党员潘奎说："蝲蝲蛄不叫咱们照样耩谷子，是党员的下水，在豁口处打桩补坝！"老潘奎也要下水，脱下上衣，露出根根肋骨。村民们劝住潘奎，几个青壮劳力纷纷跳入水中，腰里系着缆绳打木桩。木桩打好了，一根根立在水中，很像老潘奎的肋骨。打木桩的村民在水中喊："木桩打好了，光填土不行，需要木板。"有的村民说："快去问问村支书木板怎么解决！"老潘奎说："支书觉多，就让他睡去吧——快去我家把我的棺材板搬来——咱不打扰他！"棺材板搬来了，又厚又重，在搬棺材板的同时，还有村民拿来自家的门板、木板，更多的村民把从家里拿来的麻袋、蛇皮袋灌满了土和沙子。棺材板、木板卡住豁口，土袋子、沙袋子垒上水坝，河岸上的村民们担来河岸边的黄土把水坝重新筑好。

天亮了，雨也停下。坝里的水在慢慢增多，坝外河道里的水越来越少，最终露出河床。老潘奎说："青壮劳力留下护坝，其他人回家。"

人们刚要离去，忽然有人喊："大伙儿快看，河下游是什么东西？"人们纷纷向下游跑去，只见河床浅滩处躺着一个年轻人。他就是村支书，村里那位最年轻的党员。

戒　酒

石柱是我儿时的好伙伴，在和我撅着屁股玩儿泥巴的年龄，他就开始喝酒了，而且嗜酒成瘾。

石柱他爸爸不喝酒，有时打点儿酒在家里放着，等来了稀罕的客人喝。石柱见酒就馋得慌，今天偷着喝一口，明天偷着抿两口。他爸爸发现打来的酒总是越放越少，再不敢把酒放在明处，就悄悄藏在水缸后面。

晚饭后的山村就像清水洗过一样清爽，孩子们便开始满街野玩儿，捉迷藏更是哪儿黑往哪儿钻。

有一天，石柱从傍晚藏起来，直到村子里大半人家都熄了灯我们也没有捉到他。他妈村前村后"石柱、石柱"地吆喝，直到满天的星星出齐了也没寻到他的踪影。他爸爸真急了，拎着根镢把就往村外跑。他娘越喊嗓子越哑，渐渐变成了哭音儿。最后还是我从攒起的玉米秸里找到了他。他扎在柴火堆里睡得正香，大口大口地吐着打鼻子的酒气。他爸爸回家一看，水缸后面藏着的一瓶散装白酒仅剩下了瓶子尾巴。他爸爸骂他是个不成器的东西，早晚会喝败了这份家业。为这，他还挨了两巴掌。

我们渐渐长大了，石柱考上省外的大学，我去南方当了兵，我们常通信。

我复员后的第二年夏天，石柱也大学毕业了，我们在家乡喜相逢。几年不见，我们坐在我家的炕头上痛痛快快地饱喝了一顿酒，我俩每人撅了一整瓶，我躺在炕上烂醉如泥，他却没事儿似的和我爸爸喝水聊天，临走还寒暄着客套话。以后，他在县里参加了工作，他爸妈也被他接进城里享清福去啦。

前年，石柱当上了县里的劳动局长。村里的老文化人说："不得了，简直就是凤阳出了个朱元璋。"村里人遇到外面的陌生人总会说："石柱你认识吗？他是我们村的。"全村人都为他荣耀。

今年我们家二小子职高毕业了，想在县城找份工作，我首先想到了石柱，只是几年没见，他又当上了局长，不知人家会不会赏我的脸。

我专门腾出一天工夫到县城找了石柱一趟。我知道他爱喝酒，就特意带上两瓶酒。

那天，我在劳动局找到他的时候就快晌午了。他说要领我上街吃饭。我说不去，一点儿事儿，说完就回去。石柱说，有事饭桌上说。为了饭桌上好说事儿，我就把带来的两瓶酒掏了出来。石柱很不高兴地拉下脸来数落我，非让我把酒拿回去。

我俩坐在饭店里吃饭的时候，我觉得石柱变了，他让我一个人喝酒，他说他戒酒了。他能戒酒？笑话！这不是明摆着瞧不起人吗！当我提出给我二小子找工作的事儿，他说找个工作单位不现实，看看能不能找个临时工干干。打零工还用找你？

石柱没给我办事儿，也没收我的酒。

今年春节，石柱他们全家回村过年。我心里有前边那个疙瘩，也没去他家看他。谁知，他初一就来我们家拜年，还给我爸爸提来两瓶好酒，并一定请我到他们家吃饭。

在我爸爸的一再催促下，我不情愿地去了他家。饭桌上，我给他倒了杯酒。石柱妈说："你喝你的，别让他，他快三年没动过酒杯啦。"

"对，我戒啦。"石柱说，"等什么时候我不当局长了，咱俩还每人一瓶。"

那天，也搭着酒好点儿，我醉了！

西瓜的故事

机关后勤服务中心有三个人，丁主任、老付和小丽。

后勤服务中心是机关的"不管部"，其他部门职责内不涉及的吃喝、陪客、派车、安锅炉等工作都是他们的主业。机关里他们只有两间库房，里面墩布、铁锹、破沙发、旧电脑……机关日常用的和日常不用的东西统统堆在库房里，要不是有老付经常拾掇拾掇，肯定乱得插不进脚去。丁主任从副主任扶正后做的头一件事就是给库房换了把新锁，只交给老付一把钥匙，其余的两把钥匙当着老付、小丽的面，扔进了安着铁算子的下水道。

盛夏七月，天气炎热，又常来客，街上西瓜五毛多一斤。丁主任说，趁西瓜便宜，买上二百斤，放那儿，客来了，宰一个，空调底下一吃，比热天喝茶水惬意。

小丽争着抢着要去买瓜。买二百斤，抱回家俩去，放在冰箱里，老公下班一身酸臭汗回来，抱一块咧开大嘴一啃三道红牙印，抹得鼻子疙瘩、腮帮上全是水津津的甜西瓜汤子，多美！

可丁主任说不行，买瓜的事就得老付办。并说，老付从小就跟他爷爷蹲瓜棚，挑瓜的眼力好，手上功夫有一套。再说，男同志也有力气。一个女同志，背背扛扛的事上差劲，要是再买回来一堆生瓜蛋更差劲。

老付上街买了二百斤瓜，自己掏两块钱雇辆三轮车拉回来。瓜是瓜钱，车是车钱，一码是一码，如两块车钱再开一张发票，再找主任签字，显得大老爷们儿小气。老付，就是这样的人。

瓜卸到大门口，老付一个一个往楼上库房里搬。小丽绝对不会去搬瓜。没让她去买，窝了一肚子气。她假模假势地坐在办公桌前写会议通知。

西瓜买回来后确实来过两拨客，坐在空调底下，西瓜从凉水池子里捞出来，一刀子下去，每人一大块，蛮好。可后来客人就断线儿了，库房里又不通风，老付看着西瓜发愁，就每天下班后来到库房，蹲在地上挨着个儿敲，敲着敲着就敲出一个朽瓜，没等瓜流汤就被他清出去了。今天一个，明天两个，断断续续没停地往垃圾桶里扔西瓜。那天老付正抱着一个烂瓜下楼，迎面碰到小丽提一大包脏衣服往楼上走。小丽为了节省自家的水，利用下班时间来单位洗衣服，可她说是来单位加班写会议通知。老付没理会，继续往楼下走。第二天一上班，小丽把老付往楼下抱西瓜的事汇报给了丁主任，她说她看见老付往家里搬西瓜。丁主任很惊讶，反问：是吗？

又过了几天，老付又在下班以后抱着两个烂瓜下楼，巧的是他在楼道里又遇到了小丽。小丽这次是为了节约家里的电话费，利用单位没人的时间给外地的亲戚打长途电话，可小丽又说是来单位加班写会议通知的。这次老付很尴尬，自己给自己打圆场，说瓜烂了。小丽假装没听见，唱着歌上楼了，进了办公室把门插上，说了句：做贼心虚！

老付没做贼，但只有他自己知道自己没做贼，却有点儿心虚。他走到楼下，掀开垃圾桶，猛劲儿将烂西瓜摔进去，又用力盖上桶盖，他想弄出点儿大响动，让小丽听到，证明自己抱着的确实是两个烂西瓜。

库房里的西瓜让老付清理完了，可这时就来了一拨客。没出七月，天气还热。丁主任叫老付搬两个西瓜来，老付当着客人的面，不好说没有了，急得他直冒汗。丁主任认真地说，还愣着干什么，快去呀！

老付骑上自行车上街买回俩西瓜。

西瓜切好了，一人一块。丁主任咬一口，口感不行，温了吧唧的，就说，凑合着吃啊。并说，老付你也来一块。老付答应着，就是不伸手，心里想事儿，脑子里乱。小丽在一旁别有用心地说，老付最爱吃西瓜。

客人走了，丁主任当着小丽的面问老付，刚才的西瓜多少钱一斤？老付吭吭唧唧地说五毛呀。

什么五毛！丁主任说，现在的西瓜都一块多了，开发票了没有？老付摇头。丁主任一边从衣袋里掏钱一边说，得，今天的西瓜我请客。

幽 默

我这个人喜欢幽默,爱编个笑话或传个听来的笑话与人说说,共同分享快乐。但幽默也要讲究对象和环境,自己觉得很可笑的段子给别人一讲,别人也跟着笑,能引起共鸣,自己觉得开心,有意思;遇到不懂幽默的人就坏了,自己挺兴奋地讲个笑话,别人听了无动于衷,等于对牛弹琴,觉得忒没劲。

我们办公室里共有五个人,我最爱和老张开玩笑。老张个子不高、很瘦,牙口也不太好,右槽牙上用金属丝挂着两颗假牙,一笑右槽牙上的金属丝往外一露,很有意思。但最有意思和最可贵的是他懂幽默。我给他讲一段笑话,他右槽牙上的金属丝能在外面露半天,我觉得我的"劳动"没有白费,物有所值,就不断地在他面前讲笑话。我对老张讲笑话可能还有一个原因,我们两个人都是副主任,身份对等,讲话方便。实际这都不是主要原因,最重要的原因是我爱说他爱听,我们两个最终成了"志趣"相投的朋友。

那天，我们办公室的小李要娶媳妇，准备在酒店办几桌宴席。办宴席的前一天中午，小李把我们办公室其他四位同志都请去，他在饭桌上说："今天请大家来没有别的意思，只是想让诸位帮我尝一尝这家饭店的饭菜质量成不成，请大家提提意见。"其实小李的意思很简单，就要办事了，免不了辛苦诸位，先撮一顿犒劳犒劳大家。

饭菜上齐了，我面对一桌的饭菜来了灵感，我一本正经地说："小李今天请大家来试吃，请多提宝贵意见，该记录的记录，下午两点请大家准时参加讨论。"

我的话一出口，在座的几位都有了反应。首先是小李，看了看正座上威仪的年轻主任，一脸的木然。去年刚分来的女大学生小谭，赶紧翻随身携带的挎包，说："我还以为光吃饭呢，笔和本儿都没有带。"

年轻主任不高兴了，放下筷子满脸严肃地说："讨论什么讨论，我下午还有会呢。"

只有老张咧开嘴露出右槽牙上的那根金属丝笑了。老张嘴里露出金属丝的同时，我看到他牙上还挂着一片绿菜叶。

老张不仅懂幽默，而且也会幽默，有时还不失时机地跟我互动一下。

那天主任和办公室的其他同志都有事出去了，屋里就剩我和老张，他看报我也看报。我在报纸的文摘版看到一则文摘，说山东督军张宗昌人言"三不知"将军：不知家里有多少钱，不知手下有多少兵，不知自己娶过多少老婆。我拿着这则文摘给老张看，他看后把报纸递给我。我抖了抖报纸说："老张，你要是张宗昌就好了，咱俩整天在一块儿腻着，我怎么也瞅空儿拉走你一队兵马。"

"光拉走兵马你就知足啦？"老张说，"就没打算拣可心的顺走我一个老婆！"

老张互动得不错吧？只是后来我发现，老张的幽默风格与我不同，我的幽默像白开水没有味道，只解渴；而老张的幽默也像白开水，不仅解渴，还烫人。

老张的生活一直很悠闲，平常手里老爱攥俩核桃，没事的时候揉得"咯咯"爆响。天长日久，老张的核桃揉脏了，纹路里渍进去很多泥。那天下午下班前，老张把两个核桃用清水洗过放在办公桌上。第二天上班我到单位比老张早，看见老张桌上两个洗过的核桃长了一层绿毛。长毛的核桃不多见，有点儿意思。我就顺手从桌上抄起一张废纸，在空白处写上几个字："这年头，核桃都能长绿毛，邪门了！"写完，我把两个核桃压在写过字的纸上，然后就提上保温瓶去锅炉房打水。等我打水回来，老张已坐在办公桌前，我见他表情平静，更没有见他露出挂金属丝的槽牙对我笑。我以为他没有发现我给他做的手脚，可等我把保温瓶放下，来到我的办公桌前，我发现我的办公桌上规规矩矩扣着一张白纸，我翻过白纸一看，上面分明是老张的笔迹，写道："真正男人的凸状处都是长毛的（脚后跟和某些部位除外）！"

他在险恶地挖苦我脱发形成的秃顶。这家伙够坏！

我至今也没有弄明白，老张怎么会由副主任提升为主任。他被提为主任后的某一天，我和他开玩笑，我说："老张，没看出来呀，掉牙的愣能顶替没掉牙的。"我是在说他接了年轻主任的班。这回老张没露出挂着金属丝的槽牙对我笑，更没有和我互动的意思，只是面无表情地扫了我一眼，让我很失望。

那天办公室里又剩了我们两个人，我在翻阅一本杂志，而老张正在批改一份文件。老张自从当了主任以后揉核桃的时间就没了，整天忙。

我在那本杂志上看到一幅题为《今晚我加班》的漫画，想和老张分享分享。漫画画得很简单，但用文字表述起来有些复杂，我这里就只把画面上的几个元素表述一下：一间寝室，墙上的挂钟指向一点，妻子一人躺在床上睡觉，丈夫西装革履腋下夹个公文包回来。这些都符合"今晚我加班"的内容，只是丈夫的领带打错了，他脖子上系着一条女人的长筒袜。其他元素都是铺垫，只是男人脖子上的长筒袜是整幅漫画的点睛之笔。可想而知，男人夜间并不是从单位加班回来，而是刚从另一个白天穿长筒袜的时髦女人的床上爬起来，在忙乱、黑暗和与女人的缠绵中，错把长筒袜当成了领带。

我把漫画拿给老张，我说："咳，你看看漫画上的人像不像你？"

老张接过我手里的杂志，专注地看了好一会儿。在旁边看着他这副认真相，我很想乐，我想，凭老张的幽默智商不会看不懂吧。

我这些年总结出一个看漫画的经验，漫画画得越直白越没有意思，笑料隐藏越深，让欣赏的人迷离的时间越久越好，这样一旦看破玄机会笑破肚皮。

老张终于把手里的杂志放在桌上，他抬起头看看我。很让我失望，我并没有看到他槽牙上的金属丝，甚至没有看到他一丝笑容。难道他真的没有看懂？我刚要给他解释漫画上的内容，老张却站了起来，他挺直身子和我脸对着脸，平静地对我说：

"老赵，你吃错药啦！"

毒　口

陈小儿三岁时开始拜师学曲艺，专攻单口相声，二十年间访遍天下相声名家，可最后一位师父却把他送回家。师父对陈小儿的父亲言道："抱歉，这个孩子我教不了啦。从此以后他也要远离曲艺行当，我说句不中听的话，你永远不要让他再登台了。"

陈小儿父亲诧异："相声说得好好的，咋说不要就不要了，是他不努力？"

"非也，极努力。"

"是他没有幽默的天赋？"

"非也，极有天赋，可谓登峰造极。"

陈父不解："那为何？"

师父说："他最近一次登台致使数百名观众瘫软在剧场内。真是可惜呀，他要是少拜两三位师、早出五六年徒，很可能就是一位顶级大师。"

陈父困惑："师父，您仔细说说，我没听明白。"

师父说:"我给你打个比方吧,比如你们家的土炕,冬天很冷,你烧几把柴火,土炕温温乎乎,刚好睡个囫囵觉,你要是烧上几捆柴,土炕热得像铁锅,你还能睡觉吗?"

"那自然不能,别说睡觉,恐怕连炕席也烧着了。"陈父说,"我似乎明白啦,您是说我们孩子艺学得过头了。"

师父说:"然也,太然也啦!"

陈父问:"那我们孩子到底过头成啥样子了?"

师父说:"我这么跟你说吧,就是我们平时经常听的很普通的单口小段,经他的口一说出来,就会让你笑得背过气去,他要是说一段自编自创的段子,或是在别人说过的普通段子中加进一点儿自己临场发挥的笑料,可就了不得了,就是我们这些曲艺行内经常听笑话、'笑点'高的人听了,也得笑得屁滚尿流,要是普通观众听了,非得卧床静养两三日方可恢复元气。"

陈小儿自幼学艺,无其他一技之长,就业自然成了难题。陈父通过关系终于在镇政府治安办为陈小儿谋到一个治安协管员的差事。陈父将陈小儿领到治安办,治安办主任上下打量一番陈小儿,问:"白白嫩嫩的一身赘肉,有二百斤吧?"

陈小儿说:"一直保持在二百二十斤老跑秤砣的水平。"

主任说:"干治安员嘴皮子使不上劲,腿脚得跟得上。"

陈父说:"他这体重腿脚自然不行,您就让他干点儿力所能及的。"

主任说:"社会上比他条件优秀的人多了,不看面子真不留他。"

陈小儿第一天夜里执勤,就逮到一位蹿房越墙的贼。

此贼是个惯偷,蹿房越墙如履平地,治安办曾多次组织人围堵均未能捕获。陈小儿第二天早上将贼背到治安办，主任见贼瘫倒在地、口吐白沫，如一摊烂泥。陈小儿拿出一兜物品对主任说："这是赃物，此贼盗过一家高墙大户欲离去时被我逮个正着。"

主任问："早就听说此人身轻如燕，你如何逮得？"

陈小儿说："他蹿至高墙上，正遇我在墙外巡逻，他见我体态笨拙就蹲在墙头上用语言戏弄我。我十分愤恨，一时兴起，站在墙下说了一个相声小段，开始他听得十分入迷，谁知我结尾处一亮包袱，他被我逗得笑背过了气，便一头栽到墙下。"

主任说："你牛吹得太大太玄了，给我学学你是怎么说的，看看是否真的可乐。"

陈小儿说："我不便为你学，听完后会伤你内脏。一定想听得等你休假在家，静卧床上，我再说不迟。"

陈小儿和主任说话间忽有人跑来报告，说有两村群众因争夺村边水源引起群殴。主任听后速领治安协管员悉数赶往事发现场。现场上百人各持棍棒乱作一团，数人头破血流，场面相当惨烈。主任引七八个治安协管员在人群中进行劝解和说服，但无济于事，很快他们被淹没在混乱的人群中。主任见场面已经失控，既无可奈何又无计可施。这时，陈小儿对主任说："你带领治安人员全部撤离，我来试试。"

主任说："陈小儿，你是不是昏头了，我从事治安工作多年都震慑不住，你势单力薄、初出茅庐能有啥办法？"

陈小儿说："我在现场说一段相声，他们都笑得没了力气自然就不打不闹了。"

主任问："那为何还要我们撤离？"

陈小儿说:"如不撤离伤着自己人如何是好?"

主任立即招呼相关人员撤离现场,他自己却躲在旮旯处,非要听个究竟。

陈小儿站在土坡上,亮出他苦练二十年的通透嗓音,高喝一声:"诸位衣食父母,听我讲来。"他虽这么说,可混乱的场面依然混乱,参加械斗的人们对他的喊声置若罔闻,只有围观的群众在听他讲。情况紧急,陈小儿也顾不了许多,他便"嘚啵嘚啵"说了一个相声小段,结尾包袱一亮,可不得了啦,在现场的十成人便倒下五成,还有两成正抱着肚皮笑作一团,另外正在斗殴的三成人没有听陈小儿的相声,见周围的人纷纷倒地,不知现场发生了什么事,一个个目瞪口呆,停止了械斗。应该说最注意听陈小儿相声的是治安办主任,几乎一个字也没有漏,全部灌进了他的耳朵里,因此受伤害最重的也是治安办主任,他已经脸色青白、口吐白沫,在地上团作一团。陈小儿上前搀扶时,他只勉强说一句:"我自觉肠断脾裂。"

不久,上级有关部门发了一个文件,大概是说某某镇群众械斗,由于镇治安办处置不当,伤及无辜群众近百,欲追究造成这次事故责任人的刑事责任。

盖 章

母亲跟我们在城里居住已经十二三年了，但户口依然在老家农村。现在母亲有点儿事，需要户口所在地出具一份证明。母亲的户口在老家农村的村委会，我只好回一趟老家，找一找村委会。证明上的文字我已经拟好，只需要加盖一个村民委员会的公章，事情就妥了。就这么简单。

我也是在老家农村长大的，高中毕业以后上大学才离开农村，后来就在县城参加了工作，再后来又把母亲接进城里来，我回农村老家的机会就逐渐少了。

几年没有回家，我发现农村的面貌确实发生了变化，原来"晴天两脚土，雨天两腿泥"的街道，现在全部变成了水泥路，过去的土房都变成了砖瓦房。

村委会还在原来大队部的原址，周围的街道格局没有变，只是随着时代的变迁，过去的土屋变成砖瓦房，村委会的平房变成了二层小楼。我很容易就找到了村委会。

我是开着单位的轿车回村来的，由于村委会临街的两扇大铁门关闭着，我只好把车停在街道的路边。我刚把车锁好就看见铁门被一个女人从里面拉开一道缝，然后推出一辆自行车。我走上前去，发现从铁门里出来的这个女人我认识，是我中学时的同班同学三妮。她模样没有多大变化，穿着也讲究，只是两只耳朵上坠着的那副分量很足的金耳坠，让人觉得俗气，破坏了她在我心目中保留多年的美丽、质朴的形象。三妮同时也认出我，我们热情地打过招呼，说了一些老同学久别相逢的闲话后，三妮问我回来有事吗，我说到村委会有点儿事儿。三妮用手指了指二楼说，主任在呢，你去吧。我问现在的村主任是谁？她说，你听没听说过陶二，就是咱们村最早发财的那个人。我确实听说过这个人，但不熟悉，就说，他生意做得好好的咋想起当村主任了？三妮说，这才叫能人，外面不好混了，回到村里拉几张选票就成了官。我听三妮把村主任也称为"官"觉得好笑，一个村官比芝麻大不了多少，在农村人眼里就是个官儿，就似没见过大海的人，吃到虾米糠就喊吃过了海鲜一样，都什么见识！

　　我问三妮来村委会干啥，她告诉我她是村会计。她还说她儿子在小学校和同学打架，把人家孩子打伤了，老师来电话催她赶紧去学校一趟。她一边说，一边仓皇而去。

　　我来到二楼村主任室，陶二果然在。他是个五十几岁的矮胖男人，圆圆的头颅，臃肿的身躯，很像一颗肉蛋。由于他的肚子太大，在我进来的那一刻，见他挣扎着从椅子上站起来，挺吃力，我很想走上前去扶他一把。陶二开始对我很客气，等我很明确地表述了需要他帮忙盖一下村委会公章的意思后，他的态度马上变了。我明显感觉到他对自己刚才付出的热情有些后悔。

陶二重新坐到座位上，慢慢腾腾从抽屉里拿出一盒香烟，问我：抽——吗？我摆摆手，说不会。他把香烟点燃后把烟盒和火机一起重重地甩在桌子上。我是从来不吸烟的，否则我会给他递上一支烟。人都说吸烟有百害而无一利，不尽然，此时如果我会吸烟而且没忘带香烟的话，给他递上一支烟，可能我就不会如此尴尬。我在机关里或去政府其他部门办事，时常会看到外边来的客人给主人递烟点火的情景。共同吸上一支烟，爱屋及乌，可能马上就成为熟人，就有了可说的话题。可我不会吸烟，显得很拘谨，只好僵硬地站着。

他悠闲地吐过几口烟雾，才艰难地扭过短而粗的脖颈看看我，说别站着，坐呀！但他并不接我说过的话题，也不提起盖章的事儿。他问我在县里哪个部门工作？我说在县文化局。他问：文化局都管哪些事儿？文化局相对于其他治安、经济部门，权力要小很多，但我们能干很多事，我说多了怕他没耐心听，就拣和农村能挨上边的说了几件。我说，比如咱村里的文化大院、图书室、数字小影院，都是我们投资建设的，都属于我们管。陶二用眼皮翻了翻我，说，原来那是你们建的，我还以为是乡里建的。我赶忙说，是乡里和我们一起建的，主要是我们建的。可陶二接下来的一句话令我很扫兴，他说，建那些东西有啥用？文化大院常年上着锁，那些个破书谁看？干点儿有用的不好吗？糟蹋钱！

我和陶二没有了可说的话题，他只是大口地吸烟。他的沉默让我这个成年人拘谨得像个孩子，一时间手足无措。过了一会儿，他又吃力地扭动笨重的身子和我说话了，我发现在开口之前他的脸上泛起了一丝笑容。他说，你念过大学，在单位是个头头吧？我这时觉得这个话题对我来说很重要，就是他不问，自己也想借个适当的机会"炫耀"一下，因为我意识到今天的事儿在这个芝麻一样大的村官面前好像遇到点儿麻烦。我说我现在是文化局的副局长。我的这句话好像对他有一点儿触动，他的精神振作了一下，膨胀的脸皮调动起两个嘴角上的肌肉。他说，你看我前几年盖了一处院，由于家里人口少，三间西房一直空着，你能不能给我也弄一套和村里一样的放映机，这几间闲置的房也就用上了。

陶二的这句话完全验证了我的预感，我把今天的事想简单了，他想从我身上卡点儿油水。既然他的狐狸尾巴已经露出来了，我就故意给他抻抻长。我说，你又何必呢？把村里的那台放映机搬到你家里去用不就解决了。陶二说，那怎么行，书记也不会干呀，再说，灯钱电钱的，我熬不起。

这时我很想欺骗他，暂时答应给他弄台放映机，糊弄他给我盖章。可我又一想万万使不得，他要是给我玩一个"不见兔子不撒鹰"，我弄不来放映机他就不给我盖章，我不就弄巧成拙把我妈的事儿耽误了。我还得实话实说。我说，不行，放映机是上边按行政村的数目核发的，多一台也没有。

陶二的短脖颈可能有些扭酸了，他校正了一下脸的方向，一只耳朵对着我。我发现他的耳朵长得不错，耳轮大且厚，耳垂吊着一块肉，民间讲这是福相，有元宝耳朵之称，是聚财的象征。

陶二的最后一句话宣告了我今天必须无功而返，这也是我预料中的一句话，他说，今天这个章我不能给你盖，虽然你娘还是村里人，但她已经离开村子好多年啦。说实话吧，村委会的公章就在我抽屉里锁着，但我做不了主，村里有规定，启用公章要村民代表开会定。

我在单位不掌握公章，但是公章的使用程序我还是清楚的。公章都是由某个人掌管，某个人（一般是单位法人）决定其使用权，哪有用一下公章要集体开会研究决定的道理？我知道这是陶二故意刁难我，看来今天盖章的事儿铁定办不成了。我很想把满腹的怨气撒一撒，可现在为时尚早，不盖章母亲的事儿就办不了，陶二这一关是必须要过的。

从陶二的屋里出来，憋了一肚子气，我好像是被一个三岁小孩或是一个白痴给糊弄了。陶二太可恶了。我特想吐他一脸口水，可现在不是我发作的时候。

我一边下楼梯一边琢磨怎么才能过陶二这一关。我首先想到请他吃一顿饭。请他吃一顿饭太简单了，足足灌他一顿白酒，他最多喝一瓶吧，一瓶酒下肚这点儿事情肯定就妥了，可我不想请他喝酒，不值；猪可以喂，但不能和猪同槽而食。最终我想好，下次再来给他带点儿东西，送他点儿东西总比陪他吃饭舒服一千倍，就当是上坟走错了坟头。

我走到院子里，正巧遇到三妮从小学校回来了。三妮说老同学难得一见，还是到会计室坐一坐吧。我们来到会计室坐下，三妮问我找村主任干啥，我就把我母亲有点儿事，开一份证明，需要村委会加盖公章的事对她讲了。没想到三妮说，村委会的公章就在我这儿，你说，往哪儿盖？我一听喜出望外，忙从兜里拿出那份我事先拟好的证明。我说，你看看内容。三妮说，我就别看了，你是大学毕业，我一个初中毕业生，还给你看。

三妮在我写好的文字上，按我指定的位置盖上了公章。

我从村委会出来，越想陶二越可气。这么点儿事，他为难我，他就是个小人，我真想一刀宰了他！

我把这次回农村老家盖章的过程告诉了我母亲。母亲说，三妮的丈夫是村支书。

一支红蜡烛

新婚宴尔的我们又喜迁新居，可谓双喜临门。

搬进新居的第一天妻很兴奋，她用一方白底素花的手帕扎起乌黑油亮的长发，本来就苗条的腰身系上一块素雅的围裙，更显得窈窕可人。妻的美令我心动。

新家杂乱无章，满地的纸箱，临时码在地上的床、柜、沙发、茶几，需要装钉的窗帘、吊钩……妈说找人帮忙，或她过来一起收拾，我明白妈的意思，她知道我过惯了饭来张口、衣来伸手的日子。可妻说不用，她能干。我心中自诩：妻是上得了厅堂、下得了厨房的女人。

妻的家境远不如我家。妈开始是不同意我娶妻的，这倒不是嫌妻家境不富裕，她只是说妻出生在市井人家，小市民气息浓。我不同意妈的看法，什么叫"小市民气息"？是妈偏见、世俗。

忙碌和零乱的时候有敲门声，没有节奏，不像是人在敲，倒像是风摆弄的，我和妻谁也没在意。门只虚掩着，被缓缓推开，

79

进来一个三四岁的小姑娘，圆圆的脸，圆圆的头，圆圆的眼，穿一件色彩嫩绿、样式可眼的捏边短裙，忽前忽后的两条长辫，辫梢儿上扎着两只蝴蝶结，火红得直耀眼。真是奇了，这么小的年龄竟有这么好的长发，还系两只难得一见的蝴蝶结，就像是过去国营商店儿童玩具橱柜里常见的洋娃娃。小姑娘说跟我们住邻居，祖姥姥让她看看能帮什么忙？妻甚至都没细看小姑娘一眼，就说，去，回自己家去玩！我听出妻的意思，不知道小姑娘是怎么理解的，她用两只大眼睛看了看我。我觉得妻有些过分。我想送给她一点儿东西，一个小玩具或一点儿可吃的零食，这样既是对小客人初次造访的礼貌，也是给予妻对小姑娘心灵伤害的一点儿补偿。我想遍了也找遍了家中所有，只找到我们婚礼时剩下的几块水果糖，我爱怜地捧到小姑娘面前。小姑娘摇摇头，两只好看的大眼睛依然注视着我……

我埋怨妻不该对小孩这样。妻说，这家大人也真是，刚搬来也不熟悉，七零八乱的家，让个孩子来裹乱！

妻忙妻的，我闲我的。我即使什么都不干，她也不强求。我就坐在沙发上握着遥控器，翻看妈刚买来的电视机。我看着妻劳动比看着妈劳动要心安理得。

窗外的光渐渐暗淡了，已到掌灯时分，可妻并没有因为缺少光明而显得动作迟缓。妻没吩咐我开灯，我也懒得去开，看电视是不需要灯的。

妻停下手里的活儿，说，该做饭了。我说，外面吃点儿省事。妻说，外面吃又得花钱！我想，随她去吧，反正不用我做。我继续看电视。

妻好像这时才注意到房间的黑暗，她打开客厅中一盏最暗的灯，就进厨房做饭了。

　　厨房里叮叮当当正起劲儿的时候，客厅里那盏灯突然熄灭了，黑幕瞬间遮住了整个空间。妻从厨房里出来问：停电啦？我懒懒地从沙发上站起来走到窗前，眺望街上，街上流光溢彩、车水马龙，道路两旁的街灯完全退却了昏黄，显得格外明亮，整个居民区却一片漆黑。我对妻说，饭别做了，咱还是到外面吃点儿吧。快熟了，妻又重复那句话，外面吃要花钱。

　　我真敬佩妻的能力，在这让我吃饭都很可能分不清嘴巴和鼻孔的环境中，她竟要继续做饭。愿意做就做吧，我尽管感觉郁闷，但懒得理她。妻欲走进厨房的时候又有敲门声。妻走过去打开门，从黑暗的楼道里走进一个小孩儿。妻说，怎么又是你？我知道还是那个"洋娃娃"。小姑娘用稚嫩的童声问：阿姨，你家有蜡烛吗？妻说，没有，我家还摸黑哩！她重重地关上门，然后牢骚道，奇怪了，也不熟悉，真张得开口——买房时也没打听打听邻居，讨厌！我觉得妻的言辞偏激，就说，我只听说过买房子看房的质量和结构，再有就是关心周围环境，没听说选邻居的。妻说，你等着瞧吧，日子长了不定弄出什么幺蛾子来，遇到这样的邻居，倒霉。我不同意妻的话，觉得她对小姑娘的态度过于刻薄。我说，你这样对待小孩不好，你怎么就知道人家是来和你要蜡烛呢？妻听了我的话，嘴里发出一连串让人听了很不舒服的"啧啧"声。妻教育我说，这种事我见多了！过去我们家的蜂窝煤在筒子楼人行过道放着，过几天少两块，过几天又少两块。一次，邻居胖二德子他妈正拿一块我家的煤往她家炉子里续，让我逮个正着，她还狡辩说火快熄灭了，先借一块，等二德子买煤回来就还上。听她那谎话，以前偷的咋不提还上——我硬把煤从她手里夺过来——邻居都是见缝下蛆、弯腰找便宜的狗屁！

我不想与她争执，就转移话题，故作平静地说，那就让我妈送支手电筒或蜡烛来。妻说，用不着，饭马上好了——我最不愿麻烦别人。

我妈咋是别人呐！我刚要和她争辩，又传来门响，这次不像是在敲，倒像是在用脚踢，尽管踢得不重。妻子嘴里念叨着，又是谁，真烦！她开开门，我看到从门缝射进一缕柔暖的烛光。妻开门的手迟疑一下，我也站了起来。门被妻慢慢打开，我看见那个圆脸圆眼的"洋娃娃"，两只小手小心翼翼地捧着一支点燃的红蜡烛。我和妻站在门口注视着小姑娘，她的小脸儿被烛光映得红扑扑的，两只大眼睛看了看妻又看了看我，最终还是把目光落在妻的脸上，用稚嫩的童音说，阿姨，给你蜡烛。

我赶紧蹲下身来，伸出双手，从小姑娘手中捧过蜡烛。这是一支完整的、燃烧得朝气蓬勃的红蜡烛！

买 车

上月二十六号，李三儿摇到一个汽车车牌号，由于没钱买车，他拿到这个车牌号就像刚从火炉里掏出一个热白薯，拿着烫手，扔了可惜。李三儿媳妇说，要不租给别人，听说出租车牌子一年也能弄不少钱。李三儿说，汽车牌照不能出租，如果租给别人出了事儿，也要追究牌照主人的责任，咱不能因小失大。李三儿媳妇说，也不知谁出的败兴政策，不想买车的人偏偏抓到号！

李三儿说，按说我手气也不错，咋打麻将就不和呢？

李三儿和他媳妇经过合计，决定买一辆汽车。他们这几年攒了两万多块钱，又软磨硬泡、死皮赖脸地从他父母手里抠出去年卖玉米豆的万八千块钱，买了一辆三缸两厢的轿车。

李三儿媳妇说，三缸的车准没四缸的有劲儿。

我也知道四缸比三缸的车好使，那不是费钱吗！李三儿又自我圆场说，没所谓，脚底下使点儿劲，油门踩大点儿全齐了。

李三儿和他媳妇交钱、提车，等办完所有手续已经中午了，他们在路边一家包子店门前停好车，走进去，要了一斤包子两碗鸡蛋汤。

正是吃午饭的时候，包子店里人多得就像码上笼屉的包子，一个紧挨一个，他们等了半天，包子也不上来。李三儿说，要不先点俩凉菜，来瓶啤酒，祝贺一下儿咱们今天提车。

媳妇说，别败兴了，谁开车还喝酒！

李三儿又争辩说，就喝一瓶。我平常喝七八瓶都不醉，喝一瓶啤酒跟没喝一样。

别败兴了，平时你还醉得少哇！以后必须改改你那臭毛病，开车就不能喝酒，喝酒就别开车。李三儿媳妇的态度很坚决。

下馆子没酒，李三儿觉得没劲，饭量也就大打折扣，一斤包子差不多剩下一半。李三儿媳妇叫服务员拿个塑料袋，说要打包，并让服务员结账。服务员过来把账结了，顺手拿过一只塑料袋。就在李三儿媳妇正准备往塑料袋里装包子的当口，又过来一个服务员，放在桌子上一盘儿包子，扭头就走了。李三儿媳妇刚要叫住服务员，问她是不是端错了的时候，李三儿向媳妇摆了摆手，小声说："别理她，打上，带回去给我妈吃，我妈准好些日子没吃肉包子啦。"

李三儿他们从包子铺出来，动作十分麻利地上了车，在倒出车位、准备前行的时候，一个女服务员追了出来。李三儿媳妇扭头看见女服务员一边跑一边喊，还一边摆手，就说："端错包子的那个丫头追出来了。"

"管她呢，她追不上汽车。"李三儿虽嘴里这么说，可心里发慌，脚下的油门就加得很大。汽车出了路口左转弯上主路的时候，遇到了红灯，李三儿媳妇说："慢点儿，红灯，小心摄像头！"

"管它呢，"李三儿说，"反正车也没上牌子。"

车开到家门口，李三儿媳妇的心里还在为多拿包子和闯红灯的事打鼓，她把自己的感受告诉了李三儿，李三儿说："女人就是胆小。"

换 画

　　雪玉莲女士是浦南阳先生的第二任妻子，年龄小南阳先生三十岁。

　　妫川市原美协主席浦南阳先生的遗孀雪玉莲女士，想把寝室里的那幅《高山流水》水墨画换一换。她亲点妫川画院院长高映桂为其作一幅牡丹图，并称，她唯钟情于牡丹，叮嘱画幅二平尺八寸，立轴，画名《国色天香》。"国色天香"在各类牡丹书画作品的题跋中司空见惯，可谓俗不可耐。

　　玉莲女士卧室里的那幅《高山流水》是南阳先生生前以画易画所得。南阳先生将其长年垂于寝室，供其仰慕。先生在世时，玉莲女士曾因《高山流水》和先生几次发生争执，玉莲女士称其破旧、单调，装饰寝室毫无生机，欲换一幅牡丹图。而南阳先生则沉醉于《高山流水》的意境中，嫌牡丹过于张扬、热烈。

　　《高山流水》可能是据《吕氏春秋》中"伯牙鼓琴"之典，表寓知音难觅或曲调高妙之意。画中两间茅舍、几株瘦竹，一古装高髻清瘦老者俯身操琴。整幅画面不着一滴颜料，仅以墨汁表形达意，清新淡雅，浓淡相宜……

订画那天，玉莲女士丰盈的身躯披裹一件黑色裘皮大衣，裘皮大衣敞开的前襟露出红色羊绒高领紧身毛衣，紧身毛衣把上半身勾勒出丰满迷人的线条，迷人的线条衬托着一张描眉、施粉、涂唇的白脸。玉莲女士就像一朵雍容华贵的牡丹出现在高映桂的画室里。

高映桂的画室十分凌乱，桌上、地上、沙发上扔满了涂抹过和未涂抹过的宣纸，脸盆、毛巾、臭袜子和未及时洗刷的餐具充斥房间。玉莲女士进门时，高映桂正穿一件深色蓝布大褂，伏下矮小身躯，在宽大的画案上用小楷毛笔临摹古本《芥子园画传》。高映桂的姿势不像作画，倒像炊妇从一钵细米中捡拾掺杂均匀的沙粒。雪玉莲女士和高映桂玩笑道："高院长这身打扮不像画家，倒像个油漆工。"

"异曲同工，画画色彩在于变，油漆工色彩在于匀。"高映桂放下画笔，依然穿那件脏兮兮的蓝布大褂张罗着给玉莲女士沏茶。他拿起保温瓶，发现瓶中空空，便把房门推开一道缝隙，仅探出半只头颅，喊："胡君，打壶热水来。"

胡君是个邋邋遢遢、满头乱发像疯长的荒草一样的毛头小伙子。玉莲女士一向厌恶不修边幅的男人，心想，有其师必有其徒，一对邋遢鬼。

玉莲女士言："今天来不为喝茶，想求高院长一幅画。"

高映桂淡淡一笑："您抬举，南阳先生的作品件件都是我临摹的范本。"

玉莲女士有些气愤："老爷子临死前把画都捐给市博物馆了，这你是知道的。"

"先生高风亮节，热心公益，高某钦佩。"高映桂转换了一下口气言道，"您知道我们画院以卖画为生……"

玉莲女士闻听此言满脸不悦："真是士别三日当刮目相看，我忘了高院长不是当年乍到妫川，在我们家老爷子面前满口先生、学生的高映桂啦！"

高映桂满脸涨红："我话未完、意未尽，为您作画倍感荣幸，求之不得，并无他意。"

玉莲女士颇为得意，问："何时取画？"

高映桂答："为您作画夜以继日，三天后我派人送去。"

第四天下午，玉莲女士来电话询问画作。高映桂口称画已完成，正欲送去，实则点墨未着。他忙铺纸染墨敷衍一幅，命胡君日落前必须送达。

胡君至玉莲女士家敲门正欲入室。玉莲女士见胡君脚上两只皮鞋甚是肮脏，有意挡其门外，可《国色天香》无法替换《高山流水》，便扔过一双拖鞋示意换上。胡君进入室内自觉耳目一新：满堂清式家具，陈设古玩瓷器，兰草、石榴花卉点缀其间。单说墙上明代沈周的山水四条屏和郑板桥乾隆乙酉春所书的行书五言诗立轴，都是难得一见的宝贝。胡君眼界大开，叹为观止。

玉莲女士示意胡君把紫檀框中《高山流水》撤下，将《国色天香》镶嵌其中。胡君疑惑：如此粗糙之作，不拓不裱直接镶入框中，此为何意？欲言间，玉莲女士手机铃声大作。

玉莲女士握手机诡秘躲入外屋，掩门。胡君侧耳细听，闻玉莲女士在电话里和一男士调情。玉莲女士唧唧呢呢，不观其行仅闻其言，便知浦先生生前必有难言之痛。

《国色天香》上墙。胡君走出外屋，欲离去。玉莲女士拦住胡君道："且慢，将那张废画顺手扔了。"胡君大喜，复返，卷起《高山流水》疾步而去。

次日一早，玉莲女士打电话给高映桂："《国色天香》镶入框中褶褶皱皱？"

高映桂言："未裱吧？"

玉莲女士不悦："画未裱就装框，真是糊弄人，让胡君拿去裱了。"

高映桂道："胡君称家中老母突发重疾，已连夜乘车回家。"

索 画

要不是最近有人提起这幅画，犟黄老早把这件事忘到九霄云外去了。

故事发生在几年前犟黄老刚来生态小镇的时候。犟黄老退休了，在小镇上买了房，便常住。

犟黄老姓黄，有姓也有名，但因脾气犟，人们背后常称他犟牛黄，当他面则称他犟黄老。犟黄老很得意人们称他犟黄老。

犟黄老是当代著名书画家，犹以写意花鸟见长，画作盈尺便价格数万，作品在书画市场炙手可热，有"齐白石第二"之称。

著名书画家犟牛黄落户生态小镇的消息，像风一样，没几天就在镇上传开了，不少人都想结识犟黄老，索得他的画作。

最早登门索画的要算是小镇上唯一经营书画商店的老板老屠的儿子小屠了。小屠索画并不是为了卖钱，而是他们单位领导附庸风雅，喜欢收藏名人字画。

那日，小屠来到犟黄老家，说明来意。犟黄老问索画作何用？小屠思索了片刻，就避重就轻说，我们领导崇拜您，特别喜欢您的画儿，就派我来求一幅。翚黄老问你们领导是管什么的？小屠说，我们领导权力可大，譬如咱们住宅楼用的水电气我们单位都管。这句话激怒了翚黄老，他愤愤道：你让你们领导把我的水电气都停了，把我困死在屋里，你们就可以来取画啦！

小屠回家把索画的过程告诉了老屠，并强调说，局里最近要提拔一批科长，咱们家又无长物，商店里卖的字画都是些粗俗之作，我们领导根本看不上眼。

老屠很拿儿子的事当一回事儿，就装上鼓鼓一提包钱来找翚黄老。

翚黄老见了老屠，依然是那句话：索画作何用？老屠不假思索言道，我是搞书画经营的，想买您的画，或销售，或做镇店之物悬于店中。翚黄老不屑一顾，说我不卖画，买我的画请到拍卖行去买。老屠拍拍鼓鼓的提包：钱我都带来了，您看看，现金。翚黄老说，我从不碰钱，我也从不和商人打交道。

老屠回到家，不仅带回了那鼓鼓一提包钱，还带回鼓鼓一肚子气。老屠和小屠大骂翚牛黄不识好歹、不进油盐！

某日，翚黄老家来了一个村妇，她衣衫虽破旧，但面色红润，身体健壮。

翚黄老和村妇见面，还是那句开场白：索画作何用？村妇说，我是个农民，又是个寡妇，儿子大学毕业，在市里找了媳妇。媳妇家有房有车，我什么也做不了——眼看儿媳妇要娶回家了，可我这做婆婆的连个见面礼也拿不出来。听说儿媳妇一家子都是文化人，我想准喜欢个书呀画呀的，今天我就舍下这张脸，求您给我画一张画。我孤家寡人的要啥没啥，等秋完了，地里的庄稼收成了，我再感谢您！

翚黄老听后有几分感动，便吩咐保姆把村妇领入会客室，看座、上茶。

也就是三五杯茶的工夫，村妇被保姆引进翚黄老的画室。村妇至画案前，见翚黄老正往一幅四尺斗方水墨画上加印。

这幅画是翚黄老最擅长的水墨文人画。洁白的宣纸上仅有一支火苗跳跃的老式油灯和一只双须舒张的静伏蟋蟀。油灯用小写意笔法，显得古香古色；蟋蟀用工笔画法，描得惟妙惟肖。油灯的火苗随风摇曳，静伏的蟋蟀呼之欲出。翚黄老在画的空白处还现配了四句诗：

窗外秋风朔，屋内暖如春。
人忙天时短，夜已五更深。

整幅画面皆为墨色，浓淡相宜，只有油灯的火苗为下润上枯的一笔朱红。这幅画可为翚黄老触景生情之作，虽是一挥而就，但格调高雅，意境深远，不失大师之风。

村妇见这幅画如此简单，神色黯然地说，咋连一朵花也没有？

保姆看了一眼翚黄老，对村妇解释说，这幅画的意境是夜深人静了，别人都熟睡了，只有母亲还在灯下操劳。教育人不要忘本，别忘感恩！

村妇的脸依然没有放晴，她卷起画作，临出门时还抱怨：画幅大红牡丹花儿多好，多热闹。

鞏黄老听后心中一沉，把失望写到了脸上。

前两天鞏黄老接到一个电话，要和他核实一幅画的真伪和这幅画的价格。鞏黄老问是一幅什么样的画？打电话的人描述了画面的构图，鞏黄老说没有了印象。打电话的人念了画幅上配的四句诗，这让鞏黄老想起了几年前来人索画的事。鞏黄老放下电话，陷入了久久的沉思……

雨 夜

我从安保办公室出来，天已经黑了，还淅淅沥沥下起了小雨，屋檐下几盏电灯在雨幕中显得朦朦胧胧的。突然，黑暗中走出一个女人，我定神一看是主任夫人。她手里提着一只精巧的小竹篮，整齐的短发被雨水打得湿漉漉的，在灯光下显得油亮。

"嫂子，这么晚了还来找主任，有什么话在家不能说呀！"我开玩笑地打着招呼。

"这个呆子，在家跟我耍了一通牛脾气，把我气个半死。他倒好，饭也不吃赌气走了，害得我顶着雨往这儿跑。"

我明白了，主任今天来值夜班，一进门我就看出他脸色不好，原来是两口子生气了。

"他不吃就饿他一顿算了，你又何必呢？"我还在打趣儿。

"你以为我是冲他呀！他要是不值班，就是赔上笑脸去请我，我也不会理他。"她嗓门挺高，好像故意要让屋里的主任听到似的，"他平时总说你们的工作如何重要，他要是晚上饿了出去找吃的，耽误了事，我可承担不起！"

　　主任夫人提着篮子进屋了。

　　雨越下越大，我站在雨中，看着她投在窗帘上的影子——轻
轻从篮子里端出饭菜，一一摆在主任面前……

海外来信

　　女儿回来了，这是女儿上大学三年中离家最长的一段时间，现在北京奥运会和残奥会结束了，女儿终于回来了。

　　女儿是上午由小磊开着汽车从北京城里送到家的。小磊是女儿的男朋友，他们以前同在一个大学读书，小磊去年已经毕业，现在在一家公司工作。

　　女儿进门时，她妈迎到院里，两张脸上挂着笑，两双眼睛却充满了泪水。女儿上前紧紧抱住她妈妈，高挑身材的女儿搂住她妈的头，她妈倒像个孩子。我在旁边嫉妒地说，闺女还是和妈亲——快进屋吧，别搞得跟旧社会似的。

　　我们一起往屋里走，她妈一边走一边端详着女儿，说，倒是没晒黑，只是瘦了。女儿说，我们每天练形体，上礼仪课都是在室内，怎么会晒黑哩！

　　小磊把手里提着的女儿的书包规规整整地放在炕上，女儿拿过书包，打开拉锁，从里面掏出两件叠放整齐的白蓝色旗袍。她双手捧给她妈说，这是我们礼仪小姐在颁奖仪式上穿的旗袍。她妈用一只手接过旗袍，另一只手在上面抚摸着，说，你瞅这针脚绣得多细密。女儿说这是祥云图案。

我在电视上看到过，每逢比赛完升国旗时就有女孩子端着盘子，盘子里放着奖牌和鲜花，穿着这样一身衣服走出来。她妈说着，发现我也在旁边专注地看，就把衣服递给我，然后问女儿，你都在哪儿参加颁奖？水立方和鸟巢我都参加了，女儿说。她妈说，电视里一颁奖我就使劲看旁边站的有没有你，可我连你的影儿也没看到。女儿说，人家在给运动员颁奖，镜头哪能对准我们呀！她妈说，练了好几个月，连个脸也没露，那不白……

小磊来了，快去准备饭吧。我打断她们的话。

小磊说，不吃饭了，我回去还有事儿。

下午的时候，女儿正穿一身她过去在家干活时常穿的衣服，头上围一条她妈的围巾，在院子里帮我拾掇前天从责任田里割回的豆子。一会儿，小磊又来到我们家，他给女儿带来一封信。小磊说，学校打电话通知他说有王欣一封信，是从澳大利亚寄来的。王欣是我女儿的名字，可从来没听她说过澳大利亚有她的同学或朋友呀。

从澳大利亚寄来的信？！我和她妈都有些惊讶。

小磊把信递给女儿，女儿拆开看，只一页纸，很快就看完了。女儿看完后抖了抖信纸，说，这个小老外，真有意思！

我在旁边问：谁来的？

女儿把信递给我，我打开信纸，见上面用铅笔歪歪扭扭写着几行字，很像是小学生的笔迹。信上写道：

王欣小姐：

　　我叫艾利克斯，就是那个为澳大利亚获得一枚游泳铜牌，把奖牌掉在地上被你捡起来的家伙。

　　这是我第一次到中国，中国太美了，北京太美了，你太美了！

　　我爱中国，我爱北京，我爱你！

　　你的地址是我从你的同学那里软磨硬泡得来的。

　　希望你能到墨尔本来，我也会到北京去找你。

　　我看完后，在把信递给女儿的同时看了一眼小磊，小磊的两只眼睛却若无其事地看着别处。

　　女儿接过信，在手里用力抖了一下，对小磊说，嘿，给你看看，别有什么遗憾⋯⋯⋯

不知道你吃几碗干饭汤啦

"不知道你吃几碗干饭汤啦"是我们家我二大爷的口头禅，用得是不是在节骨眼上、是不是时候、是不是靠谱他都不管，他只管成天挂在嘴边上，动不动就说："不知道你吃几碗干饭汤啦！"

我二大爷是俺们村有名的老光棍儿，现在都是黄土埋半截子的人了，还过着"一人吃饱，全家不饿"的日子。

我二大爷没娶上二大娘的原因说来也简单，就是因为他年轻时饭量大，忒能吃。那时正是挣工分、分口粮的年代，两个人的定量不够他一个人吃的，哪个女人都怕嫁给我二大爷自己挨饿。那年月我们村里还真饿死过人。村里人谣传他能吃斗米斗面，"斗米斗面"那是瞎说，反正社会上一直流传的"去人家串门，尝人家八个馍馍"的话，起源就是我二大爷。我在此特作声明，以后谁要是再说这句话都是侵权。这句话的原始版权在我们家，版权的所有人是我二大爷。

据我二大爷自个儿说，他年轻时只吃过一顿饱饭，那顿饱饭吃的时间是在三年困难时期。如果有人说集体吃食堂的时候咋咋不好、咋咋挨饿，我二大爷就不高兴了，就会说："瞎说，吃食堂的时候也不光挨饿，我那会儿就吃了顿饱饭。"

一九五八年"大跃进"风刚刮起来的时候，家家拔锅拆灶加入集体大食堂。大食堂有专人负责烧火做饭，而且吃饭不拘数。说是不拘数，实际也不能敞开肚皮吃，多数是吃三碗的吃到两碗饭就没了，吃两碗的吃完一碗锅里就空了，还净是些猪汤狗食。尽管这样，还是把我二大爷美出鼻涕泡来了，嘴里常磨叨："还是共产主义好，有人给做现成饭，省得我自个儿扒锅掀灶的！"

那一年腊月临近年根儿，天寒地冻的，生产队长心里盘算开了自己的小九九：上工，一来队里没涮儿急水下墙（延庆方言，意为"没什么特别紧要"。——编者注）的活儿；二来社员们到一块儿就蹭棱子（延庆方言，意为"消极怠工"。——编者注），出工不出力；三来上工就得吃三顿饭。不如大伙集体歇工，一来快过年了卖大伙一个人情，二来上面规定歇工可以吃两顿饭，能给队里省些粮食。虽说上级要求社员在集体食堂吃饭不拘数，可队长心里明镜似的：库里的存粮不多了。

腊月二十九那天风特别大，从二十八黑夜到二十九早起风就没停过，老"嗷嗷"的，像狼叫。我二大爷一夜没咋睡，听了一夜的风，尽管裤子底下铺了一张光板羊皮，可被窝筒里就一个人，睡得半拉身子冰块似的，睡到五更天就饿得前胸贴后背啦，肚子里晚饭灌进去的那半碗小米干饭加半碗豆面萝卜丝汤，早顺着夜壶嘴灌进了夜壶里。他觉得肚子瘪塌塌的，就起了个大早赶到队部食堂排队去打饭，到了队部才知道，敢情自个儿来得还不是最早的，披皮袄的、裹线毯的、拄拐棍的、流鼻涕的、蹲着的、站着的……曲里拐弯，队部食堂院子里排了长长一队人。我二大爷身大力不亏，趁着乱，使劲往队里挤，若碰到强硬不让的人，我二大爷就一边用手往旁边扒拉，一边嘴里念叨："不知道你吃几碗干饭汤啦！"

好不容易熬到开饭了，我二大爷手里的瓦盆里折进去了两筛碗稀汤灌水的荞麦面条子。我二大爷对掌勺的大师傅喊："嘿，再来一碗，我的盆还能盛一碗！"

掌勺的大师傅说："整劳力两碗，半劳力一碗，这是队里的规定。吃完了你可以再盛。"我二大爷还想争辩，掌勺的不耐烦了，用黑铁勺子敲着黑铁锅沿，喊："下一个——"

我二大爷刚要埋怨掌勺的师傅"不知道你吃几碗干饭汤啦"，但觉得他说的是句活话儿，就乖乖地端着盆，蹲在房檐底下恶狼似的吃起来。他吃的同时周围也同样响起一片"吸溜吸溜"的喝汤声。这当口，我二大爷光顾嘴了，不知道队长从哪儿站了起来，就像黍地里攉出穗高粱。队长说："今儿个是腊月二十九，晚饭吃炸糕，大伙可以放开了、抡圆了、往饱了吃……"队长一手端着海碗，一手挥舞着筷子，说得很兴奋，可吃饭的人只顾埋头苦干，没啥反应，弄得队长挺没劲。我二大爷只想着快喝完这一盆汤再回手来一盆——没一盆一碗也行，就没太在乎队长咋说的；又有周围的一片"吸溜"声干扰着，也没听清队长说啥。

在这场吃饭竞赛中，我二大爷吃得最彪了，可当他拎着饭盆冲到锅台边的时候，锅里只剩下啃不动的锅底了。这回把我二大爷气急了，跺着脚直骂："不知道你吃几碗干饭汤啦！"

虽然喝了半瓦盆荞面条子汤，我二大爷觉得肚里还是没饱，还好，身上暖和了好些。身上一暖和，再加上昨晚一夜没咋睡，另外也怕活动量大了半肚子稀汤坚持不到天黑，我二大爷干脆裹上被子又睡起来了。

窗外的风依然没有减弱的迹象，昨夜一夜大风按照风的法则安排妥当了一切它可以移动的物质，现在只能听到光秃、绵柔而具有坚韧意志的树枝和风搏斗的呼啸声了。我二大爷就像月亮里的孩子一样听着这适合他睡眠的催眠曲，均匀地喘着气儿，深深地入睡了。屋内的呼噜声和屋外的风声摆开了擂台……

要是在说书人的嘴里或是在老戏的戏词里，我二大爷这一觉醒来的时候一定要念一句白："好睡，好睡也——"可现实满不是那么一回事儿。等他睁开眼的时候天都快黑了，凭他吃了三十几年咸盐的经验判断，已明显超过了集体食堂吃饭的时间。睡觉没睡出汗来，醒了倒让我二大爷惊出一身白毛汗。我二大爷爬起来，用一句他的口头禅表达了一下此时的心情和事情的紧迫："不知道你吃几碗干饭汤啦！"随后，抓起他的毡帽扣在头上，裹上空心棉袄就从村边抄近路、撒开丫子往队部食堂跑——尽管西北风撒欢似的往他嘴里灌。

当我二大爷跑到队部大院的时候，他可就急眼了，院里已悄没声儿地空无一人，他心里嘀咕着："这顿饭赶不上，肚子里没有食儿，又赶上大冷的天……"这一急，把"不知道你吃几碗干饭汤"的口头禅都忘到脑后去了。

有句老话，叫"老天爷饿不死瞎家雀儿"——我二大爷虽不瞎，但真要赶不上这顿饭，别看他正是傻小子睡冷炕的岁数，也非得饿翻白眼不可——就在我二大爷正要推食堂虚掩着的老榆木门的当口，门从里面被人拽开了，准确地说，是被人用脚尖从底下把门勾开的。用脚开门的是食堂掌勺的大师傅，他双手端着一个中号瓦盆，瓦盆上盖着一块分不出青红皂白的揎布。大师傅开开门，冷不防堵门子站了个大汉，把大师傅吓得后退半步。瞧着眼前的情形，我二大爷全明白是咋回事了，这还不是秃头上的虱子明摆着……我二大爷劈手夺过瓦盆，嘴里说道："还不知道你吃几碗干饭汤啦！"他揭开瓦盆上盖着的那块揎布头子，瓦盆里是满满一盆焦黄焦黄的黄米面炸糕。刚才我二大爷迎风跑得急了点儿，空肚子里灌进了凉气，他还就真裤裆一热，脆脆地美出一个响屁来。这股凉气儿放出去以后，肚子就显得更空了。

掌勺大师傅自知理亏，满脸堆笑对我二大爷说："别人都吃完走了，你吃，你放开了吃，吃完了给我掩上门。"掌勺大师傅悄头蔫爪儿地走了，走到当院，恶眉皱眼地朝屋里咒骂："撑死你！"

我二大爷就是做梦梦到过娶媳妇也没梦到过这样的好事：油炸糕，一大盆，而且是一人独享。

本来刚开始的时候我二大爷是把盆放在地下，蹲着吃的；可慢慢地觉着小肚子窝得慌，蹲不住了，就改成了半蹲；再后来干脆把瓦盆挪到高桌上，变成了站着吃。在我二大爷把一瓦盆油炸糕吃到只剩下五块的时候，觉着饱了，再也吃不下去了。他想把剩下的这几块炸糕带回去，留着饿了吃，可对襟棉袄、免裆裤，浑身上下没有一个口袋；用手托着或就用盆端回去吧，又怕路上被人看见。最后他想到了头上顶着的毡帽，放在毡帽壳里，往胳肢底下一夹，神不知、鬼不觉，挺好！他把毡帽摘下来，来了个窝窝头翻身，大眼儿朝上托在手里，等他拿起炸糕要往里放的时候又犹豫了：沾上油咋办？拍不掉，洗不掉，装一次炸糕，毁一顶毡帽，不值呀！我二大爷又把毡帽扣在了头上。

"拿不走就吃，还不知道你吃几碗干饭汤啦！"我二大爷决定继续吃，把最后这五块油炸糕硬轧到肚里。他心里说："我活这么大，只为没得吃发愁，没为吃不了发过愁，我还真不信啦……"我二大爷硬是一块一块地把这五块油炸糕吃进了肚子里。他能觉出肚里的炸糕一块挨一块插得严丝合缝。

我二大爷心满意足地从食堂出来往家赶的时候，他忽然悟出一个道理：撑得慌并不比饿得慌好受。

天傍黑时候的风要比白天更猛，尽管这样我二大爷还是解开了对襟棉袄上的蒜疙瘩扣，敞开了怀。他觉得棉袄变瘦了、变紧了，箍得肚子难受。张开的前襟用抄进袖口的两只胳膊松松地拢着。出了队部食堂我二大爷还是决定抄近路回家，他觉得这个时候喘气都不匀了，怕从村里走遇到熟人打招呼、说话。他现在感觉说话都是一件费劲的事儿，他只想快点儿回家，好好咂摸咂摸吃饱的滋味。

我二大爷走进空荡荡的野地里，脚下的土冻得瓷，风从背后推着他前行，只是觉得除了捂着毡帽的脑袋瓜外，身体的其他部位——从脚脖子到后脖颈子被冷风吹得冰凉。他正洋洋得意地捯着碎步行进的时候，好像旷野里的风力又加大了两级。强劲的风一下子吹掉了他头上的毡帽，毡帽顺着风向在地上打了几个滚儿掉进一道浅浅的壕沟里。我二大爷从袖口里腾出一只手想轻轻弯下腰把它拾起来，可是没有成功。他第二次用力猫下腰试图把毡帽捡起来，还是没有成功。我二大爷现在才意识到自己已经猫不了腰了，他顺势踢了毡帽一脚，说："还不知道你吃几碗干饭汤啦！"毡帽从壕沟里跳了出来。他努力弯下腰，第三次尝试着捡起毡帽，但依然没有成功。我二大爷站在原地看着地上的毡帽想主意。他想，可以找一根柴火棍、秫秸秆或树枝子，把它挑起来，可四周除了邦硬的黄土以外，能移动的东西都让风刮走了；可以找个过路人帮忙捡起来，可天都黑了，野地里没有一个过路的。我二大爷闪念中还想到了丢弃，但他立刻就觉得这个想法笨透了，毡帽比一顿炸糕还要重要，它能长久地使用，而且它是他唯一的毡帽。我二大爷气急了，狠狠踢了一脚毡帽，嘴里发狠说："不知道你吃几碗干饭汤啦！"

我二大爷生气的同时还欣赏自己的聪明，"用脚踢回去不也是个法儿吗？"他想。

过去人们总说"劳动人民最聪明""劳动人民创造历史"，劳动人民是由每个单独的个人组成的，我二大爷就是劳动人民，他正在用自己的聪明才智创造着历史。

我二大爷一边走一边踢地上滚动的毡帽。走几步踢一脚，踢一脚走几步，每踢一下嘴里都要骂一句属于他的口头禅。我二大爷全身心地投入到了踢毡帽的"玩意儿"中去，肚里的炸糕被淡忘了。

毡帽终于滚到了家门口，我二大爷虽然不知道什么叫足球，但还是来了个"拔脚怒射"，把毡帽踢进了院门，毡帽滚进了院里。我二大爷长长地舒了一口气，一边关院门一边说："我让你滚，我看你往哪儿滚——不知道你吃几碗干饭汤啦！"

场头儿二镢把

　　"头儿"这个称谓人们用的频率很高。一般说来，对管人和管事的人这么叫都说得过去，虽说有点儿痞气，难上大雅之堂，但意思表达得通俗明了，冠在领导者或负责人身上也很有合理性，如县头儿、局头儿、厂头儿和单位的头头儿等，平时非正规场合有这么称呼的。

　　在"头儿"前面加一个"场"字，现在很多人就觉得有些生疏了。

　　过去农村每到秋收前，先把一块种白薯的田地翻新、碾瓷，堆上从田野里收获来的农民们一年的生活寄托，围一圈去掉谷穗的谷草，这就是场院。场院边上搭一间土窝棚，土窝棚里打一铺烧得直烙屁股的土炕，土炕上住一位蓬头垢面、土猴儿似的老头儿，这个老头儿就是"场头儿"。其实应该叫"场院头儿"，人们把"院"字省了，显得简洁上口，就叫"场头儿"。

　　人民公社时我们生产队有个场头儿，大伙都叫他"二镢把"，和我们家是同宗同族，我爹管他叫二叔，我自然该叫他二爷了。他有名有姓，不知为啥大家都叫他"二镢把"。我听多了，听顺耳了，习惯成自然了，也就跟着叫，结果让我爹听见了，照我屁股上狠狠拍了几巴掌，打得我莫名其妙。后来，我无意中听到和我们同一个生产队、外号叫"簸箕嘴"的女人和一帮懒散的老娘们儿在核桃树底下一边纳鞋底，一边闲哂摸嘴儿："那个败兴二镢把，在一条土炕上搅和二婶子大半辈子，二婶子就愣没开过怀。我看呀，他长得就是根镢把。"另一个媳妇接过簸箕嘴的话茬儿说："是呀，哪儿有你男人的二竿子好使，一气儿给你坐下六个矮倭瓜。"她的话引起媳妇、婆子们一阵佻薄的浪笑。从娘们儿们的笑声中猜测，我觉得"二镢把"准不是什么好话。

场头儿的权力可大了，场院里成堆的好吃的和能填饱肚子的东西都由他一个人管着。那是个家家粮囤成席筒、人人肚皮似纸薄的年月，场头儿如果偷着摸空送给谁点儿，谁还不美出鼻涕泡来——那还不是眨巴眨巴眼的事。可二镢把不这样，他忒不活泛。

那时如果有人问我长大了想干什么或有什么志向，我肯定会说长大了看场院、当场头儿——看粮食，睡热炕，那是给个县官儿都不换的差事。记得那年秋天生产队里收花生，打好的带壳的花生在场院里摊开一大片。我最爱吃花生了。刚记事的时候奶奶就给我说谜语让我猜。她说"麻屋子，红帐子，里面住个白胖子"，让我猜是什么，我张口就说出"花生"。奶奶摸着我的头夸我机灵。

看到场院里晾晒的花生，我心里就像猫抓似的难受。我知道和二镢把来明的不行，如果他看到我们小孩子进场院，他就会发出一种像轰家雀一样令人恐惧又令人讨厌的吆喝声。明的不行我就跟他来暗的,我把希望寄托在他回家吃午饭的空当。那天中午,干活的人都走了,场院里静悄悄的,我从谷草缝里钻进去,坐在花生堆上敞开肚皮吃了个饱,又满满塞了两口袋。这时,我要是再从谷草缝里钻出去直接跑回家,或去别的什么地方就好了,就可以白落下两口袋花生。可我花生吃多了,口渴。心里琢磨:反正场院里也没人,二镢把回家吃午饭一时半会儿也回不来,我不如先找点儿水解解渴。我便大摇大摆去场院窝棚里找水。我走近土窝棚,看到窝棚西山墙外地底下栽着一排地缸,各个缸里都灌满了水(后来我知道那是防火用的),我就爬在一个地缸上,两手拉着缸沿,伏下身子,学着牛马饮水的样子喝水。我一沁下头,两条腿的支撑力就全部落在了胳膊上,就觉得手腕一软,"扑通"一个倒栽葱扎进了地缸里。我两手撑着缸底,嘴又张不开,只有两条腿能活动。我就像夏天在臭麻坑里游泳一样,两条腿拼命地扑腾。我扑腾一会儿就觉得有人拎着脚拐子往上拽我,等拽上来睁开眼一看,坏了,是二镢把——还是让他给逮住了。口袋里的花生都倒进了地缸里不说,他要是把这件事情告诉了我爹,我又免不了一顿臭揍。原来二镢把没回家吃饭,就在窝棚里猫着。我后悔自己太粗心,没侦察好他的行踪就贸然下手。这老家伙可真够狡猾的!

　　二镢把撩起我滴水的上衣,拍拍我圆鼓鼓的肚皮,说:"回去让你爹给你找一把巴豆吃,顺顺食。"我心里话,我吃一肚子花生又灌下半肚子凉水,撑得都快喘不过气来了,还让我吃豆,真坏!还二爷呢,狗屁,那么多的花生都舍不得给我装一把,我白

108

费半天劲，弄得一身湿，一粒花生也没落下，这老爷子真败兴！

不当着我爹的面，背地里我就叫他二镢把。

二镢把看场院从来不回家吃饭，都是由我二镢把奶奶在家里做好了给他送到场院去。这是我后来才知道的。

二镢把奶奶没有牙，打我记事起她就扁着嘴，平时吃不了硬东西。她爱吃粥、喝汤，吃菜也是山药、茄子之类的软和东西，尤其钟爱豆腐，熬着吃、炖着吃、炒着吃、拌着吃都喜欢。我们家如果做她嚼得动的饭食，我娘准给她端点儿过去。我娘和二镢把奶奶特投脾气，送过去一碗饭，能坐上大半天。我爹说她屁股沉，碗没洗、猪不喂，光知道闲聊。我娘就告诉我爹一些二镢把奶奶和二镢把斗气的事。

有一次，二镢把奶奶提着篮子去场院送饭，两只缠裹一半又放开的"白薯摔（解放脚）"，蹭着场院里晾晒的一大片黄豆就进了土窝棚。进屋后，二镢把奶奶一边把篮子里装的一坛子一碗的汤汤水水往炕上摆，一边说："今年的黄豆长得比往年都好，秋后准能多分点儿吧？"二镢把嘴里含着饭，"呜呜"地瞎应承。二镢把奶奶站在墙根儿下，觉得鞋里有东西硌脚，就坐在炕沿儿上脱下鞋，往外抖搂灌进去的几粒黄豆。二镢把见把黄豆抖在了地上，就腾出吃饭的嘴，说："捡起来，捡起来，可惜了。"

二镢把奶奶面无表情地说："捡起来，捡起来能吃到你嘴里去？"她虽然这么说，可还是蹲下来一粒一粒往手心里捏黄豆。黄豆捡干净了，稀的稠的也把二镢把的肚皮撑起来了，二镢把奶奶就开始往篮子里收拾碗筷。在二镢把用笨粗的手掌抹胡茬子上挂着的饭渣子的时候，二镢把奶奶就提着篮子从土窝棚里出来了。他们从来都这样，老两口没有多余的话，话说多了就要拌嘴、吵架。可今天二镢把奶奶没走出场院，二镢把就趿拉着鞋追出来了，他在后面用洪亮的嗓门喊："老奶子，你给我站住，我翻翻你口袋里装没装黄豆！"

二镢把奶奶回过头来摔过一句："老贼爷子，你算白活啦，我跟你过大半辈子，到了你这么小瞧我！"

二镢把把二镢把奶奶气得脸都黄了，提篮子的胳膊直哆嗦……

羡慕二镢把看场院活计的可不止我一个人，簸箕嘴也是一个，当然她不是自己要去看，她一个娘们儿干不了这样的活儿，她是想让她男人顶替二镢把的差事。

那是枣子红眼圈儿谷子上场边儿的季节，队里又派二镢把去看场院。二镢把扛着他那卷狗皮褥子和散发着汗腻味的铺盖往场院去，手里还拎着把大嘴朝天的夜壶。二镢把奶奶把他送到街上，正好碰见簸箕嘴，簸箕嘴阴阳怪气地说："二婶子，你也不心疼心疼我二叔，那么大的场院，哪儿撒不了一泡尿，非死乞白赖塞到那里边滴答那么一股，多憋屈呀。"还好，簸箕嘴当着二镢把老两口和街坊的面还算嘴下积德，没把"镢把塞进夜壶里"这样的话带出来也算给面子了。

二镢把奶奶跟簸箕嘴最不对眼了，她斜楞簸箕嘴一眼，连口气也没出，扭头就回自家院里去了。后来，簸箕嘴找我们生产队长去告状，说二镢把看场院还提着把夜壶，撒尿都在被窝里，根本不会到场院里转悠，晚上还不撒开了闹贼。她说二镢把老了，猫老了都不抓耗子，不如让她男人去看场院。簸箕嘴真坏，当面一套背后一套。

簸箕嘴没为自己男人争取到看场院的活儿，就到场院里去偷。

那天天快黑了，干活的人们陆续离开场院回了家，簸箕嘴磨磨蹭蹭最后一个走。她把自己的单袄脱下来，把两个袖子用谷子捆上，装了两袖筒子玉米粒，刚要走让二镢把看见了。二镢把一喊，簸箕嘴撒腿就跑，二镢把就追。别看二镢把岁数大，可腿脚不慢，簸箕嘴背着粮食跑不动，快到场院门口了，簸箕嘴停下来，她一边喘粗气一边央求二镢把："二叔，您看我们家孩子多，忒困难，口粮不够吃。您高抬贵手，就让我把这点儿粮食带回去吧。"

"不成。"二镢把说，"谁家都困难，大伙儿都来拿，不把集体的东西拿光啦！"

簸箕嘴说："咱都街里街坊的，平时两家也不错，您家里以后要是有个脏活重活啥的，言语一声，我让俺们家的过去帮忙。"簸箕嘴就是会说话，要风有风，要雨有雨。

"那——用不着。"

"您也别把话说绝喽，谁也没准会遇到谁手底下。今儿个您帮帮我，以后我……"

"不行！"二镢把嗓门很大，很坚决，"我看场这么多年，没见过你这么没脸的娘们儿！"

这句话惹恼了簸箕嘴，簸箕嘴发疯了："没见过不是？"她把手里的东西放在地下，解开了裤腰带，"来，今天我就让你见识见识，让你看看腿黑还是肉白。"说着，她就把裤子褪到膝盖以下，露出半截子白肉。

这下子真把二镢把镇住了。他活到这把年纪，看这么多年的场院，却没见过这阵势，忙说："服你，服你，赶紧把裤子提上。"

簸箕嘴不肯罢休："光提上裤子不行，你得让我把粮食拿走，不然你就看着办。"簸箕嘴的半截腿还在外面晾着。

"行，赶紧的，赶紧把裤子提上，拿上粮食回家。"簸箕嘴把二镢把逼到了死墙角。

簸箕嘴提起裤子，一边系着腰带，一边若无其事地说："二叔，以后别总那么搬死理、死较真儿，都那么大岁数了。我还是那句话，有个为难的事儿，言语一声……"说着，把地上的玉米放在肩上，从从容容走出了场院。

二镢把蹲在地上，脆脆地抽了自己俩嘴巴子。

簸箕嘴褪裤子事件发生后，二镢把就得了一场大病，我娘还捡了半篮子鸡蛋去看他。回来后我娘对我爹说簸箕嘴真下贱，干出这样丢人的事儿来。我爹让我娘多劝劝二镢把奶奶，别把她也气出个好歹来。

事情明摆着是簸箕嘴不要脸，褪裤子讹二镢把。可队里的人不这么说，他们说二镢把利用职务之便进行权色交易，占了簸箕嘴的便宜，又拿集体的东西补偿簸箕嘴。有人把话说得更难听，说，你们等着瞧吧，别看二镢把这么多年不顶用，老啦老啦非得给簸箕嘴弄出根儿小镢把来。更有人添油加醋地说，说不定二镢把和簸箕嘴是老相好，早就眉来眼去了。不信你们仔细端详端详，说不定簸箕嘴六个儿子里面就有一根小镢把儿。

二镢把和簸箕嘴的事情被人们传得沸沸扬扬，成为村里一个阶段的热门话题。但大多数人都说二镢把不是那样的人，可作为场头儿把队里的粮食丢了，毕竟没有尽到看场护院的职责。还有人说，二镢把当了这么多年场头儿，早捞足了，说不定家里的粮食早就大囤满小囤流，够他们老两口吃到死去了。

不管别人怎么说，反正二镢把卷起铺盖、拎着夜壶回了家确是实事。

铁打的营盘流水的兵，二镢把不干了，场院总要有人看，场头儿走马灯似的换，换了一个又一个。后来我上了初中，不常回家，场院里又发生过什么事情，我没听说，也没兴趣去打听。

等我长大了，工作了，二镢把也老了，这时我完全改变了我小时候对他的印象。我每次和他见面，都情不自禁地会叫他一声"二爷"。

蓝布帽子

　　牛三儿带领的这支队伍是从家里出发的前一天早上才拢到一块儿的。七八个女人就像一簇老嫩不齐的绿叶,陪衬着乔二楞子他爹这枝被日月抽干了水分的狗尾巴花。女人中有鲁四去年刚结婚的新媳妇,王老五的老婆手里还领着个未断奶的孩子,其他几个女人牛三儿不大熟悉。

　　牛三儿带领临时拼凑起来的这帮乌合之众,在崎岖山路的汽车上颠了一整天,又在火车上"咣当"一天两夜,一个个屁股硌得黑布丝摁进了白肉里,总算来到南方这座著名城市。

　　他们从火车里钻出来的第一感受就是天气特别地热,湿漉漉、雾濛濛,好似生面团钻进了蒸锅里。女人帮女人、女人帮孩子,相互间便开始一层一层往下扒衣服。女人们身上包裹严实的一团一团的赘肉一下子暴露出来。她们的身体和她们的举动引来火车站站台上人们的斜视。牛三儿在一旁也觉得好笑:这倒像是要集体进澡堂子洗澡!

女人和孩子把该脱的衣服都脱了，只有乔二楞子他爹身上的衣服一件未减，而且头上戴了顶灰了吧唧、破了吧唧的蓝布帽子。牛三儿说，老爷子你戴顶帽子不热呀？乔二楞子他爹用手在帽顶上摸了一下，翻了翻混浊的小眼睛，摇了摇枣核似的脑袋，说，不热。

　　牛三儿本来不愿带这帮人，一路上要吃要喝拉屎撒尿的麻烦不说，关键是老老少少互相间又都不太熟悉，丢个人、出点儿事可不是闹着玩儿的。但他没有办法，一来抹不过工友们一块儿厮混几年的面子，二来架不住这帮人的软磨硬泡。也难怪，本来甜甜蜜蜜、黏黏糊糊的小两口都大半年没见面了，让人怪想念的；再说了，听说儿子、丈夫在眼花缭乱的大城市打工挣了钱，都想瞻仰瞻仰他们在外面的风光，顺便到大地方开阔开阔眼界。

　　下了火车牛三儿便开始清点人数。两条腿落了地儿和两条腿没落地儿的都算上，人数够了。牛三儿说，大地方人多，坏人也多，自己的钱包捂紧点儿，领孩子的别松了手，身子重（怀孕）的，人多的地方就不要去挤，没把你们领到地头（地方）就走丢了人，或从哪位嫂子裤裆里挤出个娃来，我可负不起责任。牛三儿说完了自己就狡黠地笑，女人们便骂牛三儿"不是个好枣"。牛三儿见乔二楞子他爹总走在队伍的后面，就说，老爷子，你腿脚慢，跟紧点儿。他见乔二楞子他爹头上依然戴着那顶破蓝布帽子，就说，你的帽子要是实在舍不得摘就戴着，可能这座城市就你一个人戴一顶这样的帽子了，也不赖，丢了好找。乔二楞子他爹挤挤混浊的小眼睛笑了笑，用手在帽顶上摸了一下。

　　挤出火车站，一人一身臭汗。走在前面的人被牛三儿聚在出站口等腿脚慢的。女人们站在背阴处一把一把地往下拧汗，牛三儿直愣着两眼清点人数。人齐了，牛三儿说，带好自己的行李，咱们天黑前一定要赶到工地，你们男人早把被窝焐好了等着你们呢。女人们又骂牛三儿，还有的女人嬉笑着用拳头捶打牛三儿的后背。

出了火车站广场，人们的眼睛就开始不够使了。面对红黄蓝绿的花花世界，各人琢磨自己看到的新奇事。没见过汽车在房顶高的高架桥上跑的女人们私下里窃窃私语，这个说：你说驾车的爷们儿要是昨晚上没睡好觉，两只眼睛一打架，还不把车从桥上开下来？那个说：这还是好的，公路紧贴着窗户，要是把车开到人家床上去，就更闹笑话了。一直在后面压队的乔二楞子他爹本来腿脚就慢，现在开始掉队了，嘴里自言自语地嘀咕：你说这地方的闺女，身腰细得咋就跟白萝卜似的……多彩的城市让人眼花缭乱，他们觉得这里的风都弥漫着新奇。

队伍行进得很慢，牛三儿干着急，可急出屁来也没用，大伙把气力都花费在了眼睛上，视野变成细细的一条线，把赶路的事儿早抛到脑后去了。

王老五的老婆抱着孩子在前边走，可能是眼睛的注意力分散到了别处，忽略了脚底下，一脚踢翻了路边一只浮着几张小额纸币的塑料碗。蓬头垢面跪在路边摆摊要钱的乞丐"霍"地站起来，没有了通常"您可怜可怜"的苦相和"您发财"的吉祥话，而是揪住王老五他老婆的衣服不让走。看到这情景人们心里都"咚咚"地打鼓，谁也没有见过这么凶的讨钱人。牛三儿马上过来，拾起散落在地上的纸币，摆正塑料碗，又往碗里多添了一张纸币才平息了这场风波。摆摊要钱的主儿，临松手的时候还是补了一句：美得你！

踢碗风波搅乱了众人的心绪，刚才张望、跳跃的眼神瞬间变成了自卑、呆滞。队伍开始沉默，行进速度也明显加快了。

这种沉默最终被鲁四的新媳妇打破了。她要上厕所。

大热天出汗不一定是坏事，省去了上厕所的麻烦，但有去厕所欲望的不一定都是去排泄。鲁四的媳妇从家里动身上路的那天正赶上开始"倒霉"，她暗暗骂自己就这破运气，早不来晚不来，一个月就那么几天，偏偏赶在这个节骨眼儿上。临下火车时鲁四的媳妇就在狭小的卫生间里捣鼓了一气儿，现在又需要找个地方捣鼓捣鼓。她几次想和牛三儿提上厕所的事，又怕牛三儿为难，现在终于坚持不住了，就问牛三儿能不能就近找个厕所方便方便。牛三儿果真犯难了，说，这是有得吃、没得拉的地方，再坚持几分钟。鲁四的媳妇听说要她坚持，就只好坚持。她知道这不是在家里，找个土坡或小树林就能解决问题。她理解牛三儿没找出现成可供她方便的办法。她就咬着牙，做好了长期坚持的准备。牛三儿嘴上说坚持，眼睛却没停地搜罗可供方便的地方。噏几口烟的工夫，牛三儿发现了一座大商场。众人不得不佩服牛三儿，这么气派的地方，他竟敢当成自家的茅厕，领着大家进去拉屎撒尿。

牛三儿带领的这支队伍就像一群散漫的羊，从宽大敞开的玻璃门浩浩荡荡涌进了商场。人们走进商场大门里侧时脚步纷纷放慢了。商场大门门头上的空调机吹出的冷气，最初喷洒到他们身上、头上时把他们吓一跳，等适应了这种凉爽又感觉很舒适。"门头上咋能吹出凉风？"让他们觉得好奇和莫名其妙。要不是人人肚里揣着一泡热尿，他们真想站在这儿多吹一会儿。

商场宽敞、阔气，大白天开着日光灯，到处锃明瓦亮。中午时分顾客不多。他们走进商场才感觉到屋里屋外两重天。商场里犄角旮旯都弥漫着冷气儿，凉飕飕的，让人禁不住会打上两个冷战。

由于有牛三儿的引导，大家很快弄明白了门上挂烟袋和穿裙子的金属画牌的用意，蹲着撒尿和站着撒尿的分走两门，各入其位，只是进去后他们发现里边比吃饭的地方还干净，一个个面面相觑，都迟疑了，谁也不敢贸然行事……

从厕所出来一个个轻松了许多。在过道里聚齐了人，准备继续出发。这时几个女人提出想逛商场。牛三儿盘算着天黑前赶到工地不成问题，既来之则安之，就说，逛逛可以，但是别走丢了人，更要注意自己身上的钱。女人们都说知道了。乔二楞子他爹用手在帽顶上摸了一下，也跟随女人们逛商场去了。

人们开始在商场一层信马由缰地转悠，在卖电器、首饰的柜台前他们只是走马观花，到卖化妆品的商品区，几个女人被琳琅满目的化妆品和宣传化妆品的大幅美女广告吸引住了。她们似乎明白了广告上的美女怎么会那么美、城市里的女人为什么会那么白，心里琢磨着自己要是整天一层一层往脸上抹这些白奶膏子，保不齐也和城里的女人一样美、一样白，也一定能拴住外边爷们儿的心。女人们互相撺掇着买化妆品，并说好每人一瓶。可等选好了问过价以后，女人们一个个又悄悄地把手里的东西放回了原处。有的说，这东西不适合我的皮肤；有的说，我家里还有半瓶没有用;还有的说,我包里就有一瓶雪花膏呢……

众人上到商场二层,二层是衣帽鞋袜专柜。牛三儿在前面走,女人们在后边看,乔二楞子他爹无可奈何、漫无目的地跟在后面瞎转悠。女人们时而驻足,时而窃窃私语。明码标价,件件都贵得让人咋舌。她们掂一掂兜里的钞票,接受了买化妆品的教训,只是过一过眼瘾,没敢动真格的。

牛三儿看大家一个个疲惫不堪,完全没有了逛的兴致,就提出不再上三层了,准备离开商场抓紧往工地赶。并说,以后有的是时间,让你们各家爷们儿带足了钱,成箱成捆的衣服往家里搬。

牛三儿带领这群人在电梯口等着乘电梯。从商场二层下到一层本来是不必乘电梯的,他知道大家都没坐过电梯,想让他们感受一下。

牛三儿领着这群人稀稀拉拉重新聚在商场入口处的空调下。人们很乐意站在这儿。牛三儿清点人数发现少一位。牛三儿说,大家看看缺了谁?人们挪动沉重的脚步,仔细打量除自己以外的每一张脸。有人说,好像差那个戴蓝布帽子的老头儿。有人用肯定的语气说,没错,乔二楞子他爹落到后面啦!牛三儿叮嘱道:你们等着,我去找,谁也别动,千万不要再走丢了一个。

牛三儿进去老半天才回来,见乔二楞子他爹还没出来,就问,是不是肯定在里边?几个人都说肯定。牛三儿说再进去找,不信找不到。有人提出多去几个人一起找。牛三儿不同意,说,只要在里边,就是他藏在地缝儿里我也能把他抠出来!

乔二楞子他爹确实在商场里,只不过是裤裆里放屁,和大伙走两岔了。

　　逛商场的时候乔二楞子他爹一直紧跟在众人后面，从一层到二层，刚才大伙儿一起在二层转悠的时候，他也紧跟在队伍后面东张西望。不过，他在商场墙根的角落里发现了一堆黄胶鞋、线手套之类的东西，特别是当他看见一捆用塑料皮子捆着的蓝布单帽的时候眼睛一亮，想起了自己头上顶着的那顶破布帽子。自己的帽子顶在头上总觉得和小品演员赵本山的帽子一样，破旧、滑稽、不提气。那捆帽子可能是商场清理仓库时搬出来的陈货，可对乔二楞子他爹来说如获至宝。一问价格，仨瓜俩枣的钱，便宜得让他直用手拨耳朵，怀疑自己听错了。他看看大家都漫无目的瞎转悠，估计一时半会儿走不远，就让售货员拆开一捆，他便开始蹲在地上挑号。不巧的是，南方人长得瘦，脑袋瓜子小，小号的帽子断了档。他也是细长脑袋、巴掌大的脸，试过的帽子个顶个儿像一口锅，扣在头上能转圈。乔二楞子他爹把一捆帽子翻了个底朝天，最终找到一顶自己戴着合适的。乔二楞子他爹付完钱，当时就想戴上这顶新帽子，可不行，他那顶旧蓝布帽子的帽衬里还塞着几十块钱。他想找个没人看见处把钱拿出来，放到新帽子里边去，再垫上帽衬，把新帽子戴上。在他想做这一切之前，要确定自己的队伍的位置时，他发现，坏了，视线中川流不息的人流全是陌生的，他熟悉的那几张面孔和那些装束，在他眼前消失了、没有了、不见了。

　　乔二楞子他爹当时并没有十分着急，凭他吃了六十年咸盐的经验判断，这帮人，特别是这帮女人，转不完这家商场是不会收兵的。他便南辕北辙准备上三层去找队伍。可他找不到上三楼的

120

楼梯。他问一直对他态度十分和善的女售货员去三楼怎么走，女售货员用手指了指附近紧闭着的两扇金属铁门说，那是电梯间。乔二楞子他爹弄不懂什么电梯间不电梯间，他估计这两扇铁门一准和上下楼有关系，他就往两扇铁门跟前走。刚走两步，刚好两扇闭合得严丝合缝的铁门开了，从里面走出一个人来。乔二楞子他爹隔着电梯敞开的门看见里面还有俩女人，他就站在电梯口用眼打量这间四壁包满铁皮的小屋子。他一边看一边犹豫是不是自己也进去。在他迟疑的时候，里边一个挎黑色皮包的女人语气严厉地问：到底上不上呀？乔二楞子他爹在那女人的催促下，两条腿不由自主地迈进了电梯间。他虽走进了电梯，但还是不知道该怎样去三层。他很想问一问和他同乘电梯的两个女人，但两个女人叽叽喳喳不停地说笑，他插不上话。乔二楞子他爹看了两个女人几眼，还是没有引起两个女人的注意。这么大岁数的男人总盯住女人的脸，他自己都觉得很不好意思。

电梯停了。两扇铁门打开，两个女人一直絮絮叨叨地说，看也没看他一眼就走出电梯间。乔二楞子他爹也挪动脚步跟了出去，想看一看到底是不是三层。刚走出一步，就看见白墙的牌牌上赫然写着两个大红字"7层"。乔二楞子他爹"萝卜大的字不认识半筐"，但这回让他碰巧了，这两个字他全认识。乔二楞子他爹心想：我不该来七层，他们走不了这么快，还是应该返回三层。他又重新退回电梯间，两只脚刚刚站稳，两扇铁门就关上了。乔二楞子他爹在电梯里站了一会儿，电梯纹丝不动。他跺了一下脚，电梯还是纹丝不动，而且两扇铁门紧闭着。乔二楞子他爹有些着急了，刚琢磨着怎样才能用手把两扇铁门掰开，这时铁门打开了，刚打开一道缝儿，就从外面慌慌张张挤进一个尖嘴猴腮、长了几根稀稀疏疏老鼠胡子的年轻人。乔二楞子他爹见到年轻人就像遇到了救星，满脸堆笑地说，你看我从前没坐过这个，麻烦你教我三层怎么去。年轻人眼睛一亮，把他从上到下仔细打量了一番。年轻人随手按了一下电梯一层的按钮，说，我也去三层——头一回进城吧？注意要把钱装好。乔二楞子他爹下意识地用手摸了摸帽顶，拉起脸上松弛的脸皮，憨厚地一笑，说，没丢！

电梯停在了一层。年轻人上前拍了拍乔二楞子他爹的胳膊，说，三楼到了。他在电梯门敞开的刹那间抓下乔二楞子他爹头上的蓝布帽子。特殊的举动把乔二楞子他爹弄蒙了，等他反应过来追出电梯，年轻人已跑出老远。乔二楞子他爹一边追一边大声喊：小偷偷钱啦，抓贼呀！

商场大门处的女人们正站在空调机下，一边吹着冷风一边等待乔二楞子他爹和牛三儿的出现。刚才肚子发胀，现在排泄干净了肚子便觉得发空；刚才两条腿走得发软，现在两条腿站得开始发胀。"好出门不如赖在家"，女人们都在心里念叨老辈子人絮叨熟了的这句话。鲁四的媳妇开始支撑不住了，首先蹲下来，但她蹲的实在不是地方，就蹲在大门旁，姿势也不雅观，两条腿一叉，裤裆处平平的，像是蹲茅坑。在女人们无可奈何、度日如年的时候，隐约听到商场里传来一阵嘈杂声，而且嘈杂声伴随着急促杂乱的脚步声越来越近，直接向商场大门冲来。女人们最先看到一个身材精瘦的年轻人慌慌张张地迎面跑过来。她们开始觉得在这陌生环境中狂奔的人跟她们这些路人并没有什么多少关系，况且商场过道里的人们都匆匆为狂跑的人让开一条路，她们也曾试图把出门的路让开。随后，她们听到商场里一个熟悉的家乡口音在喊：小偷偷钱啦！抓贼呀！她们这时才意识到这里面发生的事儿可能和她们还有某种关系。

年轻人迎面跑过来，想夺门而逃。他看到几个异样装束的女人在商场门口懒懒散散聚集着，并没有把她们放在眼里。况且，女人们或蹲着或站着，似乎没有注意他。他想绕开这些人，跑到繁乱嘈杂的大街上就没事了。他断定这几个北方来的女人不会给他带来麻烦。

站立的女人们看到一个年轻人已经跑到了跟前，甚至连他的贼眉鼠眼和嘴边那几根灰红色的胡须都看得清清楚楚，同时她们还看清楚了年轻人手里攥着的蓝布帽子。妇人们纷纷撒开手中的衣服，放下怀里的孩子，迎上去准备撕扯跑到眼前的年轻人。可没等女人们上到跟前，他就跑出一个四十五度的弧线，从女人们身旁绕到她们身后，准备夺门而出。地上蹲着的鲁四的新媳妇一直没有弄明白眼前发生的事，但女人们在她面前共同出演的一幕她看得清清楚楚，就在她还不太明白是怎么一回事，想站起来助她们一臂之力的时候，年轻人已经跑到她面前。她张开双臂顺势抱住年轻人的一条腿。这突发的变故使年轻人措手不及，他想拔出腿来，可来不及了。俗话说，好狗斗不过一群狼，况且是一群母狼。女人们转过身来，十多只捏锄柄、掰玉米棒子的手，拽的拽，掐的掐，抓的抓，把身板瘦小的年轻人扳倒在地，五六个女人随后用各自健壮的身躯和肥硕的赘肉，把年轻人压在地上。等女人们站起身把年轻人从地上拽起来时，只见他被压得眼角充血，满脸通红，裤裆里已流出尿来。

后来，这帮女人们像英雄般被人请进商场的会客厅，每人一杯热茶水。商场经理也来了，说了很多感激的话，并和女人们一一握手。大多数女人从来没有和自己男人以外的男人摸过手，一个个扭扭捏捏，弄得满脸绯红。经理说，已过中午了，你们吃饭了吗？女人们都摇头，经理吩咐人去拿方便面来，并说每人一桶，不够的可以再加一桶。商场经理的热情把女人们弄得莫名其妙：帮助乔二楞子他爹夺回帽子，至于这么隆重吗？

女人们正在吃面的时候，那个做贼的年轻人被警察带走了。商场经理说，这是个惯偷，常来我们商场偷盗钱物，不想今天让你们捉到了。

说起钱物，乔二楞子他爹想起了自己帽子里的钱，他拿出来当着众人的面数了一遍。数完钱后他拘谨地笑了笑，说，没少！

乔二楞子他爹现在才把钱放在新买的蓝布帽子里，取下旧帽子里的帽衬垫上，把新蓝布帽子扣在头上，用手重重地在帽顶上拍了拍……

拆庙事件

话说在州城东南有个小山村叫关军塘村，村里有个村委会主任叫关茂财，他被村民们推选为村委会主任，上任后做了一件不该做的事，把村里的关帝庙拆了。村民们对此议论纷纷。

关军塘是个打个响喷嚏都能惊动山神爷的小山村，村民们的议论难免会传到关茂财的耳朵里，如果只言片语让他听到了，他就会争辩一句"白扯淡"，就没有了下文。关茂财平时在村里是个饭吃得多事想得少的主儿，这几年很多人都离开村子出山了，村主任这副担子便落到他的肩上，现在做了亏理的事，便成了没嘴儿的闷葫芦。

关军塘村西有一座关帝庙，也叫武财神庙。据老辈人讲，大约在明朝天启年间，有一个云游的僧人，自称是关老爷的后人，看关军塘的风光好，吃斋化缘，在此修建了一座关帝庙。据说，过去香火十分旺盛，掷签求财者络绎不绝。全国刚解放时关军塘村的村民们把三间正殿内的几尊泥胎"请"出来，用土坯可着庙地下横码起两堵半截子土墙，又抹上几把加了高粱壳子的软泥巴见见光，就算是书桌，在关帝庙里办起了学堂。后来学堂搬走了，庙舍光拆不建，现在仅剩下三间破烂不堪、屋顶透天的正殿和半墙残破的"桃园结义""水淹七军""刮骨疗毒"的壁画，以及木质构件上还很清晰、鲜艳的花鸟彩绘。关茂财肚子里的那点儿墨水还是在关帝庙里被灌进去的。

拆庙的事儿源于今年春天。那天，关茂财正肩扛木犁、撵着毛驴屁股去耕他入冬前没有来得及耕的半亩山坡地的时候，看大队部的拐腿二秋子从黄土梁上蹿出来。二秋子截住关茂财，大口喘着粗气说："手里的活儿先放一放，乡长要召见你。"让他去一趟乡政府。

关茂财说："白扯淡，乡长咋找我？"

二秋子说："村支书不在村里，你是村主任，不找你还找我？"

"这是正经事儿，蒙不得人！"关茂财拿二秋子很无奈。二秋子挺干脆，说："蒙你我是王八！"二秋子是专门在大队部听电话传递消息的，正事上不敢糊弄人。

关茂财拨转驴头，把驴圈回自家圈里。

关茂财一想要见乡长心里就打怵。乡长以来来过关军塘两趟，他见过乡长，坐着小车来，坐着小车去，挺有派头。关茂财很羡慕人家当官儿的有派头，按说他现在在村里也是个官儿了，却拿不出派头，连拐腿二秋子都不怎么理他，有时还和他耍点儿小把戏。

关茂财上任村主任第一次到大队部，二秋子就说："你得请我喝酒。"

"白扯淡。"关茂财说。

"你当村主任我可投一票呢。"二秋子说。

"稀罕你！"关茂财把二秋子堵得没了话茬。

去年冬天的一个夜晚，关茂财在自家的土炕上睡下了，外面大风刮得嗷嗷的，似狼吼。二秋子来敲窗户，说："几个村民在大队部打起来了。"让他去一趟。关茂财躺在炕上问："为啥事？"二秋子啥也没说就跑啦。关茂财老婆掐住关茂财的脖子，说："被窝刚焐热乎，有事明天再说。"关茂财说："不行，村民打架是大事，我得瞧瞧去。"关茂财硬掰开老婆的手，披上衣服来到大队部。

关茂财老远就见大队部灯火通明，屋里却鸦雀无声。关茂财进屋一看，二秋子正和三个村民打麻将。关茂财说："净扯淡，大队部是你们赌博的地方，再不收起来，我报警了！"其中一个村民站起来说："今儿个咱仨真臭，都让二秋子赢啦！"三个人走后，关茂财指着电灯说："点这么大的泡子，一黑夜得烧多少电。换喽！"这回二秋子很乖，二话没说，悄无声息换上一只小灯泡。

拐腿二秋子看大队部也和村干部的待遇一样，每年发工资，由村里供养着。他能混上这么个美差是源于他那条残腿。二秋子从十六岁那年就开始看大队部了，一直干到现在。人们常说"铁打的衙门，流水的官"，在关军塘村，村民们说是"铁打的二秋子，流水的官"。

在破"四旧"的年代，二秋子正当不忌生冷的年龄。那年村集体准备把三间关帝庙拆了盖三间大队部，便组织一帮青壮劳力去拆庙，可到了现场谁也不愿上房揭瓦，一帮人就鼓动二秋子上房。二秋子逞能，不管三七二十一，搬过一把梯子，爬上房顶就往下掰侧檐上的砖雕吻兽，掰下吻兽的二秋子冲房檐下聚集的人吼：站远点儿，小心脑袋开瓢！顺手将吻兽从房上摔到地上，瞬间摔成八瓣。这时，房底下有人冲他喊：拆房要从上往下拆，先掰脊头！二秋子就去掰安在脊头上的正吻。掰了几次也没掰下来，最后一次也用力猛了点儿，脚下一滑，二秋子怀里抱着正吻顺着庙房前檐就滚下来了。大伙儿赶紧往檐下跑还是没接住人，二秋子重重地摔在青砖铺成的庙台上，摔断了一条腿。

二秋子在自家土炕上躺了仨月，他娘也跪在关帝庙里"关老爷饶恕""关老爷得罪"地祷告了三个月。从此，二秋子残了一条腿。二秋子的腿是给队里干活残的，好歹也是工伤。村干部们一看，这么小的年龄就成了残废，将来生活都费劲，就凑合着看看大队部、为村里跑跑腿吧。他就这么让集体供养着。村里人背地里议论，说二秋子摔腿是关老爷显灵惩罚他。从此就再也没人敢动拆庙的念头了，关帝庙就这样风吹日晒搁到了现在。

关茂财回到家对他老婆说乡长要接见他，让给他找一套衣服换换。去见乡长不能穿赶驴下地那身行头呀。再说自己现在是村主任了，不能把关军塘村人的脸面丢到外边去。他老婆嘴里一边絮絮叨叨地磨叽，一边翻箱子倒柜找出那套过年才穿戴的衣帽。

关茂财一边对着镜子正衣冠，一边吩咐老婆给他烙白面大饼，并说要多抹油，等到中午吃时软和。关茂财琢磨：乡长第一次召见，自然有很多话要说。万一要说到晌午，乡长不管饭，自己又舍不得花钱下馆子，就要饿肚子了，再说回来还有三十里山路呢。

关茂财的老婆不但没有给他烙饼，还骂他不懂四六。并说："没吃过猪肉还没见过猪跑，上一任村主任到外面开会，从没瞅见他带过干粮，更多的时候是瞅见他红头涨脸地打一辆面包车回来，摇摇晃晃，手里还拎着喝剩下的半瓶子白酒。"关茂财说："白扯淡，我不能和他比，他当几年村主任白条子打回半麻袋，给村里欠下一屁股两胯骨的债。全村一百多只眼睛都盯着我，以后我还要在村子里活人呢！"

关茂财没有从他老婆那儿讨到烙饼，就骑上他那辆"除了铃铛不响，哪儿都响"的自行车上路了。刚过晌午，关茂财就推着自行车回来了，路上颠点儿，屁股磨了个生疼。

关茂财去乡里并没有见到乡长，是乡政府办公室一个小伙子接待他的。关茂财一进门，小伙子抽了把椅子让他坐下，接着就用少了盖儿的大白瓷缸子给他泡了一杯挂嘴的酽茶水。茶叶不好，绝对是十元一斤的茶叶末子。尽管这样，关茂财还是觉得自己享受到了村干部才会有的待遇，心里美滋滋的，挺受用。小伙子说乡长忙，委托他转告一下乡长的意思。乡长忙关茂财很理解。乡长嘛，揽那么大的地界儿，管那么一大摊子事儿，不忙才怪。

小伙子说："乡长找你也没什么大事，就是你们村那座关帝庙，县里文物局准备投几万块钱修一修。乡长知道你们村里困难，不用你们出钱，可能要出点儿劳动力。一定协助上级部门做好这项工作。"关茂财说："那座破庙已经破成那样了，修不修两可，不如给几万块钱干点儿别的当紧的事儿，村子里需要花钱的地儿太多了。"小伙子马上有点儿不高兴，说："乡长说修庙就修庙，别的工作以后再说。"关茂财问投多少钱？小伙子说："别管多少钱，反正有人投钱，有人施工，这里面没你们什么事儿，你们配合就行了。"关茂财站起来说："行，不就配合吗，我们配合。"临出门时关茂财叮嘱小伙子："你可跟乡长说说，我们把修庙的事儿干好了，以后别的事儿可要想着我们。"

关茂财回到家，他老婆还没有做午饭。老婆问："乡长没留你吃饭？"关茂财说："白扯淡，我是村主任，人家是乡长，乡长能请村主任吃饭。"老婆说："你个土鳖蛋，村里的钱就是金豆子，你不会请乡长吃饭？"关茂财说："村里账上就二百多块钱了，有钱谁不会花！"老婆又问："乡长找你啥事儿？"关茂财一脸兴奋地说："好事儿，乡长说上级要投钱修咱们村的关老爷庙。"老婆说："那座破庙有啥好修的，有钱不如干点儿别的事儿！"关茂财说："反正也不用村里出钱，能给村里办事就行。"老婆说："你要不从修庙的钱里克扣出俩饭钱来，你可就忒白薯了！"经老婆一提醒关茂财心头一亮，但嘴上还是说："老娘们儿家，扯淡！"

人都说女人见识短，关茂财平时也这么认为，但有时候见识短自有短的道理，需要想辙办短事儿的时候还就得短见识。老婆说"克扣出俩饭钱"的话就很对关茂财的心气儿。克扣出钱来不一定用来吃饭，村里修修路、街上安安灯都是需要钱的。

关茂财想"克扣"出俩修庙的钱，可琢磨半天自己也没想出个好办法，他就想到了二秋子。二秋子人性赖、坏水儿多，说不定会想出一个他想不出的主意来。

关茂财来到大队部，二秋子说："乡电管站可说了，这个月再交不齐电费可要掐电了。"关茂财说："要钱没有，要命一条！"

二秋子说:"你是村主任,你得想辙。"关茂财说:"今儿个还真有个辙。"他就把乡里要投钱修庙的事说了一遍。二秋子说:"那个破庙修它还有啥用,不如干脆要钱。"关茂财说:"白扯淡,乡里派的任务,活儿干了,钱也能截下,那才算好活儿。"二秋子拐着腿在地下走三圈,说:"那好办,你是村主任,不便出头露面,工程我承包下来,找几个泥瓦匠,按着老房的样式给他盖三间,结余下来的钱咱俩平半分,大队一半儿、我一半儿。"关茂财说:"白扯淡,村里的工程,剩下的钱也得归村里,不能装进私人腰包。"二秋子一听说剩下的钱归集体,立马泄气了,说:"归村里你还跟我商量个尿,你是村主任,爱咋办咋办!"关茂财说:"支书不在,村里管事的就咱俩,要是村里没钱,今年照样拖欠你的工资。"二秋子一听这话立马软了,很配合地和关茂财商量起修庙的事。

关茂财和二秋子商量的结果是先斩后奏。村里组织人先把庙拆了,等修庙经费到了再采买材料,开工修庙。不让村里干细活儿还可以干粗活儿。二秋子说:"反正在关军塘的一亩三分地上咱说了算,咱干活就得给钱,不然咱就组织村民闹。"关茂财说:"白扯淡,咱不拆他还得找人拆,干活儿挣工钱天经地义,闹啥儿玩意儿闹!"

关茂财让二秋子去找人拆庙。二秋子说他找人可以,但不拆庙,拆庙不吉利。关茂财说,这回不是拆庙是修庙,是积德行善的事。二秋子说那也不干。关茂财只好亲自主持拆庙。

第二天就要拆庙了,关茂财让二秋子去买四挂鞭炮,再买三炷香来。鞭炮在上房揭瓦之前放放,招招喜气,三炷香买回来交给关茂财。二秋子说他身上没带钱。关茂财说村里账上还有二百多块钱，先支出点儿来用。二秋子除买回四挂鞭炮、三炷香外，自己还多拿了四盒赖烟。本来四挂鞭炮和三炷香一共花了二十九块二毛钱，再加上四盒烟，结果发票上变成了三十六块六毛六分。

第二天早上天不亮，关茂财就捏着三炷香，胳肢窝底下夹了一个小脆萝卜到关帝庙上香来了。他本来是要拿苹果的，可摸苹果的时候让他老婆看见了，老婆不让他拿家里的苹果去办村里的事儿。关茂财说烧完香苹果还拿回来。他老婆说敬神的东西人就不能再用了。关茂财说拿回来他吃。老婆说他也不能吃，就是不能从家里拿。关茂财只好从家里拿了个小脆萝卜。本来他想拿个大个儿的萝卜洗干净了切几片给关老爷上供的，可他老婆硬是把大萝卜从他手里夺出来，塞给他一个小萝卜。

关茂财趁天黑来到关帝庙庙台上，看看左右没有人，便像做贼似的闪进庙里。庙里黑洞洞的。他的到来惊动了庙里做巢的几只麻雀，麻雀一阵惊飞，吓得关茂财头皮发麻。关茂财忙跪下，嘴里一阵祷告："关老爷饶恕，我们拆庙是为了修庙，是给您老人家盖新房、造新家，啥时候村里的日子好过了，就给您老人家塑像、贴金。"关茂财摆上萝卜、焚起香，嘴里念叨，"关老爷饶恕，本来今天是要用苹果给您上供的，可是家里老娘们儿小气，不让我拿；也别怪我们家老娘们儿，家里就那么几个苹果，她平时都舍不得吃，还不是穷嘛。您多会儿保佑我们村子有钱了，大伙富裕了，我给您买香蕉，用大香蕉给您摆供。"

没等三炷香燃尽，天就亮了。关茂财从地上爬起来，拍拍膝盖上的土，走出庙堂。他走下庙台，解开裤腰带，对着墙根儿撒出一泡揣了一宿的热尿。关茂财提上裤子，走出庙门，顿时觉得浑身上下轻松了许多。

早饭过后，关帝庙庙台上聚集了很多村民，有拆庙的，有看热闹的。自从上次拆庙二秋子摔断了腿，已经三十年没人提拆庙的事了，这会儿更多的人是看拆庙会不会再出稀奇古怪的事儿。在多数村民在庙台上聚集的时候，就听庙房里有人喊："大伙快看呀，谁给关老爷上香啦！还挺迷信。"二秋子站在人群里瞟了一眼关茂财，有人就问："茂财，是不是你烧的香？"关茂财还是那句话："白扯淡。"有人又问二秋子："是不是你上的香，怕再摔断了那条腿？"二秋子说："鸡巴！"问二秋子的人又说："上香的人也真够抠门儿的，就给关老爷供了一个小萝卜。"这句话把关茂财说得满脸通红。

十来个村民一整天就把关帝庙拆个土平。庙台上堆起两排青砖，一堆蓝瓦，几摞木头，猫头、滴水、戗檐、吻兽也码放得整整齐齐。庙房清理干净了，几方足有小磨盘那么大的花岗岩鼓形柱顶石也露了出来。二秋子和几个不甘寂寞的村民正酝酿着刨开柱顶石看一看下面压着什么宝贝镇物：明代建的庙，或许有金元宝？他们的行为当时就被关茂财制止了。可是第二天关茂财还是发现正梁下的两块柱顶石被人刨开了。当关茂财问二秋子是不是他刨开的时候，二秋子一脸认真地说："谁刨谁是鸡巴！"

关帝庙拆完了，修庙就成了摸着黑过独木桥——没准儿的事了。关茂财每天都要到关帝庙周围转几遭，看看拆下来的砖瓦石料是不是少了，橼檩木料是不是让人拿去当柴烧了。时间一长，修庙的事没了准信儿，关茂财心里便开始发慌。他几次都想到乡政府去问一问，但总是鼓不起勇气。去见乡长，乡长要是知道他擅自把庙拆了，会不会挨一顿臭骂？关茂财觉得就是乡长请他喝酒他都不自在，都发怵，都不如自己在家里喝稀粥好，更别说让乡长臭骂一顿了。五天、十天、二十天，拆庙的事慢慢成了关茂财的一块心病。

那天关茂财到大队部找到二秋子，他问二秋子乡里有认识的人没有。二秋子很疑惑地翻翻眼皮子问："咋的？"关茂财就把想打听一下庙什么时候修，如果有熟人可以督促督促早日促成这件事的想法说了一遍。二秋子说他当然有熟人，而且是管事的熟人。听二秋子这么一说，关茂财像捡驴粪时拾到了一块银圆，就满脸兴奋地问认得谁？二秋子说认识梅副乡长，并说梅副乡长是他二叔伯大爷小舅子的亲表弟。关茂财一听很兴奋，就带着几分哀求的口气对二秋子说："那你就费费事儿跑一趟，都是村集体的事儿，你们既是亲戚，说话方便。"

二秋子说："为了村里的事儿，我舍一回面子可以，但总不能空着手去吧。"

关茂财琢磨了一下，说："那就买两包好点儿的烟。"

"两盒烟，打发要饭的？两条还差不多。"二秋子说，"我看这样，真买两条好烟也怪贵的，不如我请梅乡长一顿酒，也花不了多少钱，回来村里给报销。"二秋子一脸为村里着想的神态，让关茂财觉得他是在为村里的事着想。

关茂财为难地说："为村里的事儿，请顿饭也行，只是咱村的经济你也清楚。"

"咱村的情况我太清楚了，"二秋子说，"我心里有数。"

事情把关茂财逼到这份儿上，他只好一咬牙，说："行！"

二秋子上路了，是上午十点多钟上路的，是骑着关茂财那辆"哪儿都响"的自行车上路的，是一条长腿蹬着自行车脚蹬、一条短腿勾着自行车脚蹬上路的。关茂财看着二秋子骑在车上歪歪扭扭的背影，不知是担心车，还是担心人，反正觉得一阵阵的揪心。

二秋子走后，关茂财一直心神不定，从家里到关帝庙再到大队部，来来回回地瞎转悠。他老婆前些天就催他把入冬前没有来得及耕的那半亩山坡地耕耕，说眼瞧就要耩地了。现在老婆看他六神无主的样子，就说："看当个破村主任把你烧的，把农时耽误了，秋后就等着喝西北风吧。"

关茂财本来就心烦，现在老婆一磨叨，干脆躲到大队部睡觉去了。他一觉睡到太阳偏西，二秋子也回来了。二秋子跟跟跄跄撞开门，关茂财睁眼一看，二秋子滚了一身的浮土，脑瓜门子上还有一块瘀血。关茂财问："事情办得咋样？"

二秋子满口喷着酒气说："我们俩一共喝了三瓶老白干，大头曹真鸡巴二五眼，还自夸是久经沙场，我没事儿，他当时就吐了。"

关茂财并不认识大头曹，更不知道大头曹是乡政府食堂的大师傅，但他并没听到二秋子提梅乡长，就问："你见到梅乡长没有？"

二秋子说："我见他干啥？我们俩饭钱就花了一百二十多，再多个人，村里账上的那点儿钱就不够啦。"他从上衣口袋里掏出一张银钱收据拍在关茂财面前，说，"报销！"

关茂财愤怒了，用手指点着二秋子的鼻子说："二秋子，你……你……你白扯淡——我车呢？"

……

修庙的事一直没有音信，但日子还得过。关茂财觉得该去拾掇拾掇那半亩入冬前没有来得及耕的山坡地了，他就又扛上木犁撵着驴屁股下地了。

关茂财扛着木犁、撵着驴屁股从地里回来，一进家门他老婆就说："当初我就说你别当这个破村主任，你非说大伙选上了推不掉。现在咋样，好事没摊上一点儿，倒粘上一身紫红毛。这一下完了吧！"

老婆上不着天下不挨地的一番话说得关茂财丈二和尚摸不着头。关茂财问："又咋了？老娘们儿家家的。"

"二秋子来家找过你两趟，说县里来人了，说你私自拆庙，要罚咱们家的款。"关茂财的老婆说着说着哭上了，用手一把一把往下抹眼泪。

"白扯淡。"关茂财虽然心里犯疑惑，但嘴上还是说，"听二秋子的话连裤子都穿不上。"老婆说："二秋子说县里来人说了，龙王庙是文物，你破坏了——一座破庙，早不就坏了嘛。真是！"

关茂财一听老婆的话里边还真有点儿内容，他就着水缸足足灌了一瓢凉水，跑到大队部找二秋子去了。

第三天，县文物局果然发下来一份罚单，罚款八万元。不过不是罚关茂财个人的，而是罚关军塘村委会的。关茂财看到罚单时脸色煞白，双手颤抖，当着二秋子的面说："要钱没有，要命一条！"

上级不给村里修庙和县里要罚款的消息随着春天干燥的风很快传遍了全村，这成了关军塘村近些年来最有影响力的事件，议论声把村里吵翻了天。有的说，一座破庙拆就拆了，没人理它，风吹日晒的，过不了几年还不一样塌？有人说，花几万块钱修庙，还不如花几万块钱重新盖一个大队部。有人说，关茂财当村主任就干了一件事，拆庙。还有人说，这下可完了，关茂财一锤子给全村人每人头上砸了一千多块钱的罚款。在这些议论中，要数"花几万块钱修庙，还不如花几万块钱重新盖一个大队部"最令大多数村民信服。

拆庙事件直接导致的结果是关茂财的村主任当不成了。

县文物局的意见是损坏文物要负刑事责任，县政府的意见是要给关茂财处分，乡政府的意见是免去关茂财的村主任。在上级还没有拿出处理关茂财的结果的时候，关茂财本人向乡里提出，不当村主任了。他觉得自己没脸再干了。

村民们对关茂财当不当村主任有两种意见：一种是关茂财惹下这么大的祸，一定要罢免他；一种是让他继续干。愿意他继续干的村民主要有两种考虑，一部分人考虑关军塘村本来就穷，现在又多了八万块钱的罚款，他们发愁谁来收拾这个烂摊子；另一部分人觉得关茂财水平低，但人好，一心为集体，再找这么个人不容易。

在要求罢免关茂财的一群人当中，拐腿二秋子蹦跶得最欢，关茂财还没下台他就开始给村民许愿拉选票啦。

这一段时间，关茂财不怎么在村里，他怕见人，总是躲到村外山里侍弄他那几亩承包地。那天，他老婆告诉他二秋子在村里闹得很欢实，要当村主任。关茂财听后说了一句话："白扯淡，他要当上村主任，我就到县里上访去！"

关茂财推着那辆破自行车出了门，他老婆问："干啥去？"

他说："到乡里去！"

修 庙

1

人常说：人要倒霉，喝凉水都塞牙。老贺就是个倒霉蛋儿。

初春时节，县委组织部门调整一批干部，把五十多岁的老贺从一个县直单位的副职，调到另一个县直单位任副职。在一次朋友聚会的酒桌上，老贺遇到一位县委组织部门的领导，他发牢骚说："你们没事儿把我扒拉来、扒拉去的，麻烦！"

组织部门领导说："领导关心你。"

老贺问："咋个关心？"

组织部门领导说："以后你就知道了。"

老贺咂咂嘴："你们组织部门的人，都是属鸭子的，肉烂嘴不烂。"

2

老贺的新单位有文物管理职能,领导要他分管文物保护工作。老贺窃喜:领导虽说文物保护很重要,但保护文物需要钱,县财政一年就那点儿收入,顾得了嘴,顾不得脸,保护文物就是一句空话,他不就没多少事可干,他的差事不就清闲,他不就很自在了吗?不想,老贺打错了算盘,他前脚进门,后脚省文物部门就拨来一笔文物修缮经费,就像是专门给他老贺的"陪嫁"钱。说实在话,那么多"破烂儿"需要修,这点儿钱,不够撒芝麻盐的,可钱来了就得干事,撒芝麻盐也得撒。

老贺似刚过门的新媳妇,人事生疏。他把文物科长陈栋找来,问:"有了这笔经费,修哪儿好?"

陈栋虽年轻,可从事文物保护工作年头长,对这里面的事门儿清。他说:"要我说,要修就修罗老庄的三义庙。"

老贺问:"为啥?"

陈栋说:"罗老庄三义庙是清中期嘉道年间的建筑,少说也有两百年了。重要的是,三义庙大殿内沥粉描金的壁画,既精美,又清晰,很有保护价值。这几年大殿和东西配殿多处漏雨,已经威胁到建筑构架和壁画、彩绘。"

老贺听了,立即就拍了桌子,说:"就修三义庙。"

人们常用"嘴勤屁股懒"来讥讽说得多、做得少的人,可老贺恰恰相反,他是个嘴懒屁股勤的主儿,从来都是干在先、说在后，误嘴不误活儿。他拉上陈栋，要去罗老庄看一看三义庙。

3

罗老庄三义庙，坐落在罗老庄村北一座丈二高的庙台上。寺庙三间正殿虽已破败，但依然庄重、威严，特别是斗拱、飞檐、五脊六兽虽残破不全，但如此规格的建筑，在乡间庙宇中实属罕见。东西配殿各两间，房顶透天，屋内杂物满地，里里外外破烂不堪；庙院正中一棵古松，树干挺拔，树冠恰好给小院洒满树荫。老贺站在庙院里，罗老庄村树木、房屋、街巷、行人尽收眼底。他感叹：“古人就是有眼力，选这么个好地方建庙！”可当老贺回转目光环视庙台周围村民修建的小洋楼、红砖瓦房时，又叹气，“可惜让民房毁了好环境！”

老贺他们来到罗老庄村委会，村委会主任老罗满脸堆笑地迎出门。别看罗主任身材矮小，相貌猥琐，可嘴巴好使，一见面就奉承道：“你们县领导净办积德行善的好事，关老爷都会保佑你们继续升官，人人当大官！”

老贺他们进屋落座，老贺问老罗：“别处庙里供奉关公，不是关帝庙就是财神庙，你们咋叫三义庙？”

“这就是我们村的特别之处。”老罗沾沾自喜道，“‘三义’，说的是刘关张桃园三结义，可供奉的是关羽，突出的就是关老爷的仁义。这说明我们罗老庄人自古信奉的都是‘仁义’。”

老贺问：“你们村现在的民风咋样？”

"好哇，现在也好着呢！"老罗伸直了腰板儿，自信地说，"我这么跟您说吧，我们村不说路不拾遗、夜不闭户吧，也绝没有坑蒙拐骗偷的事儿。"

老贺不想把话题扯远，他只关心修庙的事，就问："村民对修庙支持吗？"

老罗很干脆："没问题，绝对没问题，县里给我们办好事儿，村民哪有不保证支持的道理！"

4

修缮三义庙的事情敲定了。开工那天早晨，老贺一上班就来到施工工地，远远看去，庙台上站满了人。

村主任老罗忙得很，他天不亮就在庙堂里摆了供品，上了香烛，老贺到来的时候，他正忙着指派人贴对子、放鞭炮。

村里为三义庙开工还搞了个仪式。所谓仪式，就是由老罗带头，组织村民给关老爷跪拜、焚香。他一跪倒，他身后站立的人也随着矮了半截，纷纷学着老罗的样子，在庙堂里外跪倒一大片，一些年岁大的妇女嘴里还不停地祷告。

老贺心里想，村民迷信点儿好，村民迷信了村里好修庙。他从工地上回来，心里觉得踏实。

一天、两天、三天，工程进展很顺利，可干到第四天，裤裆里放屁——出岔了。

陈栋从工地上回来，向老贺汇报说，工地被迫停工了。老贺一听，头上直蹿火，问："谁停的？"陈栋说："一个叫罗老四的村民拦下的。"

老贺问："为啥？"

陈栋说："他不让修东厢房，说东厢房是他们家的。"

老贺说："庙房咋会成了他们家的，胡扯！"

5

老贺和陈栋来到罗老庄村委会，村主任老罗正没事人儿似的和几个村民喝茶、聊闲，他一看老贺火上房的样子，就明白了缘由。老贺没等老罗的笑口张开，劈头就问："你那天说过的话还热乎着，咋就不管用啦？"

老罗说："事出有因，领导别着急，先坐下，听我慢慢说。"

老贺很气愤，说："我不坐，你说。"

"我也是才知道。"老罗说，"罗老四昨天晚上找到我，给我拿出一张房契，说三义庙两间东厢房是他们家的。我一看还真是这么回事，房契是一九五六年发的，上面还盖着县政府的官印。"

接下来，老贺从老罗和村民们七嘴八舌的议论中，知道了三义庙东厢房产权更迭的一段往事。

那是新中国成立后的土改时期，村里穷人分了地主的土地和浮财。分地主浮财的事尘埃落定后，没想到罗老四的伯父提着要饭碗、挂根打狗棍回来了。罗老四的伯父一走几年，村里人早把他忘到脚后跟儿去了，可现在回来了没地儿住，咋办？村干部们来了一个脑筋急转弯，就把三义庙的两间东厢房分给了他。后来事情就很怪，罗老四的伯父自从住到庙里，一天比一天消瘦，不过半年，就被罗老四的父亲送去吃阴间饭了。后来，罗老四的父亲也找罗老四的伯父做伴了。至今罗老四也没弄明白，是哪个撒满高粱花子的脑袋搭错了筋，竟想起给两间庙房打下一张房契。

老贺虽觉得这故事新鲜、有趣儿，可这一回故事不是白听的，他得帮助把这半截子故事编圆了。老贺问老罗："他想咋样？"

老罗说："他家的房，他不让修。"

老贺说："不修不成，方案做了，预算批了，修缮的钱必须花出去。"

老罗说："不花钱，省着多好？"

老贺说："不行。钱不花，就要交上去；交上去，以后就没脸再要钱；钱没了，领导这一关也过不去。"

老罗说："那容易，把钱用到别处。"

老贺说："不行，专款专用。"

老罗问："就这么死症？"

老贺答："就这么死症。"

……

第二天一大早，老贺接到老罗的电话，说罗老四带话来，说修他房可以，但要给他在县城买一套两居室的单元楼。

6

　　老贺长期在机关工作，没有和农民打交道的经验，现在遇到罗老四的事，觉得很挠头。老贺过去有个经验，遇到难事放一放，先别去理它，放一段时间可能难事就不是难事了，可能事情就好办了，也可能事情就过去了。老贺一想到罗老四的事就这么想，但这么想了也不管用，他一直觉得这件事情不一般，不好办！不好办的原因，主要是罗老四的庙房已经闲置了多年，现在闲着依然是闲着，闲置个十年八年也没关系，罗老四耗得起，可他耗不起；和上级要来钱不容易，有了钱就得花出去，花不出去领导批评还在其次，人说"老贺有钱花不出去，上交了"，自己都觉得自己这张皱脸上无光，说不定还会影响上级以后的拨款，这个责任他负不起。

　　老贺琢磨来琢磨去，觉得事情的突破口还在村主任老罗那儿。老罗是村干部，能跟罗老四说上话。再说了，当初修庙时老罗也是拍过胸脯的，现在不能只把我老贺一个人摁在火上烤。

　　老贺把电话打到村委会，找老罗，老罗真在。等老罗接电话的工夫，老贺想，一个身材矮小、相貌猥琐的家伙，又没有文化，也就适合在村委会蹲着，如果不当村主任，说不定个人生计都成问题。想到这儿，老贺觉得自己龌龊，不该这么想人家老罗。

　　等和老罗通完话，老贺又开始自责，自责自己不该有贬低老罗的想法。老罗在电话里满应满许，说一定支持县里的工作，一

144

定好好做罗老四的思想工作。

过了两天，老罗主动给老贺打来电话，说罗老四的工作没做通，说罗老四嘴很硬，说罗老四依然还是那句话，修他的房可以，但要给他在县城买一套两居室的单元楼。

7

自从老贺和老罗通过电话，他又把罗老四要楼房的事压了几天，想了几天，琢磨了几天，他想琢磨出一个解决的办法。经过前思后想，老贺觉得这事自己解决起来确实无能为力；想到自己无能为力，才想到向领导汇报；想到向领导汇报，他又担心，担心领导会说他不担当，有问题就上交。他鼓起勇气，向单位正职领导汇报了修庙出岔的事。单位领导听了也没多问，就当着老贺的面，给县政府主管副县长打电话。在电话里，主要领导就向县主管副县长汇报了修庙的事，和修庙过程中出岔的事。没想到主管副县长态度很坚决，也很干脆，说："把那两间庙房甩下，不给他修。"又补充说，"不就一个农民，想借机敛点儿财嘛！"

老贺听领导这么说，终于松一口气，想想自己这么多天被这事搅得吃不香、睡不着，真是庸人自扰。老贺的心情算是彻底放松了。人心情一好，日子过得就快。老贺平平静静过了两个多月。两个多月的时间，三义庙修好了。庙修好了，但没完工，该花的钱没花出去，还在账上趴着，三义庙两间东厢房依然破旧。两间破旧的东厢房，和油漆彩绘过的三义庙立在一起，就像穿西

145

装的人戴着顶破草帽，很不协调。

三义庙完工了，工人也就退场了；工人退场了，老贺也就把修庙出岔的事放下了。

时间走入初秋，突然有一天，单位正职领导来找老贺，说收到县信访办信访室一份上访件。上访件上反映的是修三义庙的事。如果不是这封信，老贺可能再也不会去细想这件令他烦恼的事，现在这封信来了。

8

信访件上说，他们单位在修庙过程中，工程没完工，划拨的工程款没花，就撤场了，弄了一个半截子工程。半截子工程就是烂尾工程，烂尾工程就说不定是工程款被截留，或者是被挪用了。

县信访办要求，在十日之内，单位要就信访件中提及到的问题进行调查，调查清楚了要说明情况，给予答复。

单位正职领导说："老贺，你是事情的负责人，参与了修庙工程的全过程，你了解情况，信件就由你负责答复。"领导特别交代，"事情明摆着，是个别村民无理取闹，想借机敛财。事情是怎么回事，你就怎么答复，要实事求是，如果有什么问题，我们共同承担。"

老贺琢磨了两天，又写了两天，很容易就把事情说明白了。事情说明白，又按时回复了信件，老贺的心里就又平静了。老贺心里平静，并不代表擦净了屁股，没过多久，又有人找上门来了。

这回找上门的是县纪委。县纪委要约谈老贺，说是在修三义庙过程中，他出现了严重的违纪问题。问题一说出来，把老贺吓一跳，说是在修庙过程中，老贺曾向村民索贿。

　　县纪委领导刚和老贺谈话的时候，态度很严肃。老贺一听就坐不住了，他站起来保证说，这是没有的事！老贺解释道："我是共产党员，又是领导干部，每个月领的工资也不少，为了修几间破庙，我犯不着拿自己的政治生命开玩笑。"

　　县纪委的领导说："你先不要把调子定得太高，你仔细想一想，在和村民的接触中有没有不妥的言行？"

　　老贺说："我要是拿了一分钱，你们都不用按组织程序处理我，就直接把我枪毙了。"

　　县纪委领导说："人家也没说你拿了钱，只是说你在修庙过程中有索贿的企图。"

　　老贺又赌咒发誓说："别说我表达过索贿的意思，就是我想过在修庙过程中要得到什么好处，我遭天打五雷轰！"

　　县纪委领导说："那你给我说说，为什么罗老庄三义庙工程没干完就停工？是不是你没得到好处就不干了？"

　　老贺这回算是把话听明白了，他听明白了心里也就踏实了，心里踏实了也就能坐下来讲话了。老贺坐下来，心平气和地把三义庙修缮过程中罗老四讹诈的事，向主管副县长请示的事，和得到主管副县长明确指示的事，前前后后说了一遍。

　　这回县纪委领导也心平气和了，问："你在修庙过程中和个别村民单独接触过吗？"

　　老贺说："没有，每次下村都是和陈栋一起。我只和他们村主任老罗接触过几次。"

县纪委领导说："那好。你回去再仔细想想，这可是实名举报。另外，我们也会找陈栋以及村干部了解情况。"

老贺问："是谁实名举报的？"

县纪委领导说："这不能告诉你。"

老贺说："准是罗老四那小子，我都没和他见过面儿。"

县纪委领导说："我知道了，我们会逐一调查清楚的。"

过了大概一个月时间，还是那位纪委领导又把老贺约到县纪委，说："上次和你谈的问题查清楚了，纯粹是子虚乌有，纯属诬告。蓄意诬告的人我们也会处理的。"

老贺说："处不处理无所谓，你们再处理他，他也还是个农民。"

9

马上就要入冬了，县财政局拿出一份《一至三季度部门预算支出进度情况报告》，县里专门就年度预算支出情况开会，督促专项经费支出进度。会上，县长问老贺单位正职领导："省里拨的文物修缮费，为什么花不出去？是不是准备上交？你们谁具体负责这项工作？"县委书记听说这事很恼火，就插话说："眼看施工期就过了，省里就给你们那么一点儿钱，你们还要交上去，为什么花不出去？"书记停顿了一下又说，"上次纪委开举报案件通气会，还提到你们文物修缮过程中被人举报索贿的事。屁点儿钱，你们闹得乌烟瘴气，问题出在哪儿？你们谁在具体负责这项工作？"

老贺单位正职领导说："事情比较复杂，我下来再跟领导具体汇报。"

散会后，老贺单位正职领导找到县委书记，把修庙的事、修庙出岔的事，以及老贺遭举报的事，原原本本向县委书记做了汇报。书记说："作为一个领导干部，光干净、廉洁还不够，还要有责任担当，还要有推进工作的能力。前一段组织部给我送来一份干部推荐名单，里面就有你们单位这个姓贺的，说他在副职岗位上这么多年，拟推他为主任科员。我看不行，刚到一个新岗位工作，没有新官上任三把火，却放了一个臭炮，虽事出有因，但影响不好，正科级待遇给了他，这种导向就有问题。"县委书记接着说，"你们要给他调整一下分工，不能再分管这方面工作了，要不就调出你们单位。"

10

会议结束后，有一位县领导坐不住了。这位县领导就是当时指示工程停下来的那位主管副县长，他图一时嘴上痛快，做出了不修三义庙东厢房的决定。现在县委书记县长过问此事了，虽然没人提及他的责任，但他觉得应该及时补救这个脑袋瓜发热的决定，不然一入冬，过了施工期，再想补救也来不及了，必须抓紧解决。

主管副县长拿起电话，找到罗老庄村所在乡的乡长；乡长拿起电话，找到乡政府乡村建设办公室主任；乡村建设办公室主任拿起电话，找到罗老庄村村委会主任老罗，他要老罗做通罗老四的工作。其实乡长直接找老罗也管用，只是乡长觉得，他一个乡长，直接找老罗，也太抬举他了。乡村建设办公室主任的话，有时比乡长讲话还灵，要不听他的，以后你们村里改水、改厕、修渠、扩路就都没有钱了。

村主任老罗，晚饭后，趁天来到罗老四家，对罗老四说："你要楼房的事没戏了。"

罗老四问："为啥？"

老罗说："乡里今天找我，让我做你的工作，让你同意他们给你修那两间东厢房。"

罗老四说："多少也得给我补偿点儿吧。"

老罗说："补啥？不补。给你修房，没让你拿钱就便宜你了。"

罗老四说："不补我钱，我就不让修，就让那房破着，看他们有啥招！"

老罗说："修庙是积德行善的事，你拦着不让修，不怕遭报应？"

罗老四说："谁说不让修庙就必遭报应？"

老罗说："你没听说你大伯住到庙里，没半年就死了，难道你不知道三义庙的灵验？"

罗老四说："你们那都是封建迷信，我不信。"

老罗很气愤，说："你不信，我停发你们全家人的低保金，你信不信？"老罗临走时在门口撂下一句，"我要知道你这德行，就不给你出这主意啦。狗咬吕洞宾，不识好人心！"

150

11

入冬前，三义庙两间东厢房的修缮工程完工了，自始至终没让老贺参与施工。

工程完工不久，老贺就又调到县直另一个单位任副职了。

下水道堵了

1

　　妈家的下水道堵了，马桶里翻出很多脏东西，挺恶心，挺难闻。

　　妈和爸两年前搬的新楼，买楼时就和我商量，要几层，我说二三层最好，能着光，上下楼也方便。妈说想要一层，上下楼更方便，而且房价便宜，一平方米要比二三层便宜四五百块钱。我说也行，过去楼房没有地下室，一层返潮。另外，过去楼道门口都有垃圾房，夏天泛味，而且苍蝇、蚊子到处飞。现在好了，垃圾房都改成垃圾桶，垃圾桶放得远远的，苍蝇、蚊子和臭味都散开了。过去住一层的弊病现在似乎没有了。楼价确实也是个应该考虑的问题，爸是退休小学教师，一个月就一千多块钱；妈在企业没退休就下岗了，每月只有几百块钱生活费。指望我们更难，爸和妈也没向我们开口要过钱。百密一疏，现在问题来了，下水道堵了。很久才堵一次，也不是什么大不了的事儿。

下水道堵了影响到家里的正常生活，妈很不开心，便开始数落爸，说爸当甩手掌柜的，家里什么事儿都不管。她说，准是你爸解手时不小心把废报纸扔进马桶里。爸以前常年入公厕养成个怪癖，每次大解时手里总要拿一张报纸。据他讲，报纸带进厕所有三大好处，一是消磨无聊的时光，二是有人再来如厕抖抖手里的报纸提醒对方里面有人蹲坑，三是万一忘记带手纸可以提供方便。爸对妈的数落不予理睬，也不争辩，只管仰在床上，戴一副老花镜看他的报纸。下水道堵了，妈很想自己解决问题，就问爸下水道堵了该咋办？爸抖抖手里的报纸说，用橡皮搋子搋呀。爸说话时脑袋依然没有离开床上的铺盖卷儿。

家里没有橡皮搋子。街上有卖的，就是一节木棍，顶端安一个碗状橡皮头的那种，过去三五块钱一只，现在贵了，要十多元。妈觉得这个钱没必要花，一来十多元钱够买两天的菜了，二来橡皮搋子不经常用，买来也是个闲物。妈没上街买，她估计对门家会有，因为对门家乱七八糟，什么东西都当宝贝一样存着，前几天妈还看见对门女人从垃圾桶旁边捡回一根别人丢弃的墩布木把，藏进棚房里。妈去敲对门家的门，可没人，就到楼外面去找。妈经常见到对门女人在楼下和人说闲话。果不其然，对门女人在楼下背阴处和一个女人站立着，正探出一张干瘪的嘴对着那个女人躲藏在长发后面的一只耳朵说话。她们见妈走近，相互挤挤眼，各自后退了半步，对门女人的嘴和那只耳朵自然也拉开一段距离。妈说明来意，对门女人并没有马上理睬妈，只是提高嗓音又说了一些"有空儿来家坐""日子多不见怪想念"之类放屁抖裤子的话。那个女人走远了，对门女人才应承妈。妈又把借橡皮搋子的事儿说了一遍，对门女人并没有马上回答有或没有、借或不借，而是说了一大堆住一层如何如何吃亏、如何如何受气的话。并说，下水道堵了准是住上面的哪家缺德的往下水道里扔了东西。她又把那张干瘪的嘴伸向妈的耳朵，用手指指楼上，诡秘地说，你们家楼上那家男人不知从哪儿弄来个小破鞋，把肚子弄大了，那个男人本来是想要个儿子的，不承想小破鞋肚子不争气，偏偏生了个丫头片子。对门女人接下来的话让妈觉得不堪入耳。她说，人都说男人三十狼四十虎，五十岁了还是老土豹子，那个男人四十多岁正当年，身体棒棒的，现在弄来一个二十几岁的黄花大闺女，那是老牛吃嫩草，一晚上爬上爬下还不折腾个三回五回的，完事儿了卫生纸、避孕套、卫生巾什么的，往厕所里一扔，下水道不堵才见鬼！妈是来借橡皮搋子的，不想听她这些乌七八糟的话。再说了，对门女人的这些话太粗俗，妈也搭不上茬，可对门女人不依不饶，又开始骂上男人了。她说男人没有好东西，不要脸，都四十多了还糟蹋人家女孩子，自己也不瞧瞧，做你闺女都行了！她最后又叮嘱妈一句：下水道堵了准是住楼上的往下水道里扔了东西。

2

　　妈用橡皮搋子笨拙吃力地搋坐便马桶，马桶里积存下的脏东西汤汤水水地翻起污浊的水花。尽管妈费了很大劲，马桶里汤汤水水的，依然翻腾着污浊的浪花。妈央求爸说，你能不能两只脚沾沾地儿，下床来帮我想想办法？爸抖抖手里的报纸，懒洋洋地起身，趿拉一双盘带凉鞋剪成的拖鞋下了地。爸找来一截细铁丝，把铁丝的一头弯了个钩，徐徐送进马桶，想钩出点儿东西，可马桶管道口是个 U 状，铁丝插进一截儿就不动了。爸说，不行，找人来疏通吧。妈问谁会干这活儿？爸说楼道里贴有小广告，专门有人疏通。说完又拿起报纸上床了。

妈到门外，果然发现楼梯踏步上贴有一些小纸片，写有"疏通管道"，还有联系电话。

一会儿疏通管道的师傅就来了，手里提着一台小水泵似的疏通机，小"水泵"上缠绕着一根金属质软管和一根电线。妈问疏通一次多少钱？师傅说五十。妈说忒贵了，三十行不？师傅说都五十。师傅就把金属质软管缠下来，一头插进马桶下水道，一头连接在小"水泵"上，电线接上电源，又从工具兜里摸出一副长袖胶手套戴在手上。师傅把机器打开，蹲在马桶边，脸对着马桶，冷眼一看就像个贪酒的醉汉嘴对着马桶出酒。可能是小"水泵"的马达振动声惊动了爸，不知啥时候他捏张报纸站在厕所门外。妈说，一边儿待着去，你要能干何必花这冤枉钱。师傅用手一截一截把金属质软管儿顺下去。软管像钻头一样旋转起来，戴胶手套的手攥住软管一次一次快速、猛烈地向马桶下水道深处插入，戴手套的手也同时插入马桶里的污水中。只五六下，马桶中的污水就宣泄完了。师傅盘起软管说，主下水道堵了。师傅麻利地收起工具，摘下手套，站在那儿等着付钱。妈一边掏钱一边继续讨价还价，问三十成不，师傅说，就五十。妈说，就那么三两下的活儿，用的还是我们家的电，这就五十块钱，也忒贵了！

管道疏通了，可消费了五十块钱，妈觉得心痛。妈说，这不是倒霉催的，平白无故的五十块钱就没了。既然是主下水道堵了，那就不是我们一家的原因，疏通下水道的钱就不应该我们一家出，一至六楼家家都有份儿。爸说，那你还能怎么样，谁让你住一楼？妈说，那不行，五十块钱，扔在水坑里还能见个泡儿，明天我得找他们各家摊钱去，五十块钱得大伙一块儿出。爸说算了，不就五十块钱嘛。妈说，那不行，本来就是大伙的事儿，让各家分担点儿，也是向他们提个醒儿，省得以后再往下水道里扔东西。

3

妈的收钱计划是从第二天早上八点以后开始实施的。她想得也挺人性化，早上八点前大家都刚起床，匆匆忙忙赶着去上班，人们也没耐心听她解释收钱的原因，怕招人烦。八点以后，上班的上学的该走走了，谁家有人就收谁家的，家里没人的等晚上回来再说，反正来日方长，都在一起住着，也跑不了哪一个。

楼上一共住有五户人家，外加妈家，就有六户人家分摊这五十元钱。妈在把五十块钱分为六份时遇到了一点儿小麻烦，她不能准确算出每户具体该出多少钱。她甚至想，疏通下水道不是收五十元而是收六十元就好了，每家摊十块钱，好算也好收，不用找零钱。妈让爸帮助算算账，爸坐在厕所马桶上，手里拿一张

156

报纸就是不出来，妈就在厕所门外耐心地等，等得实在不耐烦了，她就开始唠叨家里家外都由她操心，爸什么也不管的闲话。实在忍无可忍了，她就把厕所门推开一道缝，说，你还有完没完了？爸抖抖报纸说，每户该拿八块三毛三分三厘三，收去吧。妈犯难了，说，三厘三咋收？爸说，三分钱就算了，每户就收八块三，不就少二毛钱吗——要我说你就收八块算了，省事！妈说，那不行，少收钱也没人领你的情，收多收少反正是张一趟子嘴、跑一遭腿儿的事儿。

妈搬来两年了，从来没上过楼，没有熟人，更不串门儿，本楼的人，只和对门女人不咸不淡地打过那么两回招呼。

妈首先来到二层。第一次敲邻居家的门有些胆怯，她站在门外抖了抖精神，鼓起勇气规规矩矩敲三下，就听到里面有婴儿的啼哭声。房门打开，一个年龄顶多二十二三岁、穿着一套睡衣、怀里抱着婴儿的女人客气地把妈让进客厅。这个女人妈半年前在楼下遇到过，那时还怀着孕，单薄的身坯儿挺着个凸出的圆肚子，就像瘪肚皮上扣了一个大筛碗，由一个四十多岁的黑胖男人搀扶着，从一辆脏乎乎满是黄泥巴的桑塔纳轿车上下来。要不是以前见过，妈还以为她是乡下来给人家带孩子的保姆。走进客厅，屋里很暗，不知是哪个脑袋瓜子被柴门挤过的家伙出的馊主意，用壁布把墙壁包个严严实实，看不到一片白墙，憋闷得让人透不过气来。女人操着地道的四川口音给妈让座，妈端详了一下面前这个身坯单薄的女人：模样倒俊俏，只是脸色有些暗黄，很憔悴。女人问，大妈有啥子事情吗？妈就把下水管道被堵的事说了一遍，并说，本来每户应该收八块三毛三分三厘的，那三分三厘就不要了，给八块三毛钱就行。女人很痛快，说，行，等娃儿她爸回来，我和他要钱给您送去。妈就问孩子她爸在哪儿上班？女人说，娃儿她爸承包了一个砖厂，不知整天忙啥子。妈问，你没有工作？女人说，以前上班，有了娃儿就不上了。

二层女人虽然没有马上给钱，但答应和她男人要钱送过去，为妈去其他几户人家收钱增添了信心。妈暂时没什么事，离做午饭时间还早，收一家算一家，就迈步上了三层。

妈敲过两次三层的门，但没有敲开，她确认三层没人就来到四层。四层是一扇崭新的白色防盗门，房门正中贴一个大大的红喜字。妈想起这是前些日子刚结婚的那家。他们结婚那天楼下停过很多小轿车，还噼噼啪啪放了一阵鞭炮。妈知道这小两口白天一定不在家，没敲门就上了五层。妈来到五层心里"咯噔"了一下，她意识到五层的钱可能要泡汤。五层的门像好久没有人打开过，门上挂了一层厚厚的尘土和吊吊灰，门前走道上也是浮土，还有随手扔的废纸、苹果核、烟头和狗屎。这些垃圾应该是六层的住户留下的，别人不会住在楼下专门跑到楼上来制造垃圾。人家没在这儿住过或者好久没人住过了是不会平白无故掏这次疏通下水道的钱的，妈这样想。

六层只有一个四十几岁的中年妇女在家，妈进门时她正在客厅里洗衣服。客厅地上摆了两个大洗衣盆，其中一个白铁皮砸成的大洗衣盆里灌满了泛着泡沫的肥皂水，泡了满满一盆脏兮兮的衣服。电视机开的声音很响，妈进门的那一刻窜出一只宠物狗冲她叫。妈害怕狗，也讨厌狗。妈说明来意，中年妇女有些蛮横，说下水道堵了和他们家没有关系，如果是他们家往下水道里扔了东西，会堵五层或是四层，顶多堵到三层，不会一直下到一层扔进的东西才正好停下来堵在那儿不动了。妈听了很气愤，说，你说不是你们家扔的东西，那你说是谁家扔的？中年女人说谁家扔的她管不着，反正不是她家扔的，这个不明不白的钱她不能出。妈有些激动，说，不出不行，大家共用一个下水道，不出钱，除非以后你们不用下水道。中年女人愤怒了，说他们交钱买楼时就买下了下水道，不是谁不让用就不用的事儿。并说，有本事你把下水道给掐了，说不定下水道就是你们家扔东西堵的，到这儿来讹钱。中年女人把妈气得直颤抖，妈没想到会碰到这样一个不讲理的人。妈说，你要说没钱我们给你垫上也可以，你要要赖，这个钱非交不可……

妈被六层中年妇女气坏了，一进家门便倒在床上，中午饭也做不成了。爸一看妈被气成这样，自己赶紧从床上爬起来，劝慰道：为这点儿钱再气出个好歹来，何必？爸问妈想吃啥，要不去外边买点儿？妈说心口堵得慌，啥都不想吃。爸看妈做不成饭，自己又从没下过厨房，只好倒了杯白开水，吃了两块蛋糕，算凑合一顿午饭。

4

晚饭后妈还要去收钱，白天上班的现在应该回来了，说不定都窝在家里看电视。这是个好时机。爸听说妈又要去收钱，就说人家不愿意给就算了，反正也没几个钱。妈说不行，钱是不多，可咱出钱疏通下水道别人都不知道，连人情都没人领。她还说我就不信，其他几家也像六层娘们儿这样土鳖、没素质。妈收拾好碗筷正要出门，突然有人敲门。敲门声是妈首先听到的，她喊爸，说我手湿着，你去开门。爸抖了抖手里的报纸，说，准是孩子们回来了，自己都带着钥匙，非得敲门。爸依然没动身。门又响了几下，妈伸两只湿手，从厨房里出来，一边去开门一边数落爸：你屁股上长狗皮膏药，贴在椅子上动不了了！房门打开，进来一位四十多岁、五大三粗的男人，他身后还跟着一条狗。妈一见狗就害怕，没问啥事就把狗和人放进来了。来人说他是六层的，听说妈去他家要钱，来问问是怎么回事。爸听说来人是六层的爷们儿，便站起来，客气地给客人让座。妈很气愤，就把因为什么去他家要钱、他老婆如何不讲道理的话讲了一遍。没想到六层的爷们儿很仗义，说，下水道堵了，本来就是大伙儿的事儿，就应该大伙儿摊钱。并说，他老婆就是个不开窍的啬音娘们儿，从她口袋里掏钱就跟掏她的心肝一样。他还举例说，前一段他老父亲病了，一共花了三十多块钱的药费，是他拿的，不想这事让他老婆知道了，和他大闹一场，非让他要回一半钱来不可，他老婆说一个参养两个儿子，起码得一人拿一半。爸被六层的爷们儿感动了，就把两个月前用来招待客人的半包香烟找出来，递给六层爷们儿一支，自己也点上一支，然后就顺手把烟盒放到六层爷们儿面前的茶几上。爸平时是不吸烟的，现在来了客人，为表示对客人的尊重和敬意，自己也陪着点上一支烟。爸觉得开包时间长了的香烟既涩又苦，撕心辣肺得厉害。

六层爷们儿是个地地道道的烟鬼。他吸烟的频率很慢，但每吸一口之前都要长长地嘘出一口气，好像有意要把肺里的气排空，然后才把烟屁股对准长有杂乱胡须的嘴上狠命地吸一大口。这一口下去，恐怕要燃掉一厘米长的纸烟，而且他会把烟雾全部吞进肚子里，然后再徐徐吐出，吐出的过程很漫长。他就这么三五口，最多七八口，一支香烟就变成了黑褐色的烟灰。他把烟灰留得很长，不轻易把它弹掉，烟灰时常掉在地上。爸看他烟抽得很香，就不时给他让烟，他也就不停地吸完一支又续上一支。这样几支烟下来，客厅里变得浓烟密布，妈也就咳嗽不止了。妈咳嗽的时候，又有人敲门，由于敲得轻，被咳嗽声掩盖了，爸妈都没听见，倒让六层的爷们儿听到了，他提醒说，好像有人敲门。妈止住咳嗽，竖起耳朵一听，果然有人在敲门。这次不用妈提醒，爸主动把门打开，门外站着一位二十多岁、身材娇小的女人。她问大妈在吗？妈一看是二层的年轻女人，想必是来送钱的，就把她让进屋。年轻女人进屋来把房间里的人逐一扫视一遍，她的目光和六层爷们儿对视了一下便迅速避开了，她有些拘谨地说，大妈，我跟娃儿她爸要钱，用一下您的电话？妈说，电话在那儿，用吧。年轻女人穿过客厅走到电话前，六层爷们儿的目光一直盯着年轻女人转。年轻女人拨通一个手机号码，说了一大堆埋怨对方的话，最后才说一层下水道堵了，各家要摊钱她没有钱的话。屋里人没有听清电话那端的人说什么，只觉得对方很不耐烦，没等年轻女人把话说完电话就挂机了。

年轻女人手里攥着话筒，把脸扭向妈，问：大妈，我想给家里打个电话！妈自然应允。年轻女人又拨了一串号码，电话通了，年轻女人握着话筒问：是二舅吗？对方在电话那头说些什么屋里的人都没听清，只听年轻女人说，好……好……我很好。电话里又讲了一会儿，年轻女人突然大声问：我妈病了？啥子病？严重吗？然后说，您跟她说，让她别着急，我会给家里寄钱的……

年轻女人打完电话就要走。妈让她坐一坐，她说不了，孩子在家睡觉不放心。年轻女人出门前注视了一下六层爷们儿，六层爷们儿也瞟了她一眼。

年轻女人走了，六层爷们儿说，这女人是个二奶。妈说，年纪轻轻的，也怪可怜的。六层爷们儿说，以前她在按摩房里当小姐，手法挺好的，态度也不错，后来不知咋就跟开砖厂的老偏勾搭上，跟老偏就有了孩子。

爸对"小姐"这个称谓很敏感，认为"小姐"就是干皮肉生意的女人，他埋怨妈什么人都往家里领！妈说，我也不知道她是这种人呀。六层爷们儿知道他们把自己的话理解错了，就纠正说，她是专门干按摩的，现在干这一行的人很多，国家允许，合法，不是专门干那个的。他们正说着，爸发现床底下忽然流出水来，就说，八成是狗撒尿了。他们这会儿光顾说话，忘记屋里还有条狗。妈说，坏了，床底下还有一袋子白面！六层爷们儿爬到床下用手把狗掏出来，站起身说，白面好好的，没沾到狗尿。他主动打开房门，照狗身上踢一脚，狗没被踢到就乖乖地跑到门外去了。六层爷们儿跟出去随手关上门，在楼道里狠狠踢狗一脚，狗发出一串惨烈、痛苦的叫声。

人和狗都走了，妈对爸说，快把床下的白面掏出来看看尿湿了没有？她赶紧去阳台上找来拖布擦干净地上的狗尿……

5

第二天是星期六，吃完早饭妈还要去各家收钱。爸又劝解：不就五十块钱嘛，人家不愿意给就算了。妈说五十块不是钱呀，咱住一楼就活该倒这份儿霉——今天各家都有人，我要不来钱也得让他们知道。

二层六层两家昨天都去过了，五层长期空着没人住，今天妈的目标是三层和四层。妈来到三层。三层的人妈从来没有见过，只是听对门女人讲他是种子公司前几年引进的大学生，还没有成家，房是单位按政策分配给他的。妈虽不知会遇到啥脾气的人，但昨天晚上她一夜没怎么睡觉，越想越觉得自己替大家干活，责任就应该大家分担，去别人家要钱本来是件合情合理的事，自己却唯唯诺诺把它办成一件亏理的事。不管是啥人，钱一样得要。另外，通过昨天的锻炼，妈今天敲别人家的门显得底气十足。妈"当当当"敲了一通门，就听见屋里一个有外地口音、鸭脖嗓的男人喊：来啦、来啦、来啦，敲得这样响，门都要敲破啦！听屋里人这么一说，妈又开始心生歉意，觉得自己不该把人家的门敲得这么重。房门打开，可只拉开一条缝，屋里的男人从门缝里露出一张脸，是一张清瘦白净的脸，看面相也就三十几岁，可头发花白了，清瘦白净的脸上戴一副瓶底般的黑框眼镜。男人上下打量一番妈，说，老太婆，你有事吗？妈听这话很不高兴，怎么被叫"老太婆"了？妈还是头一次被人称"老太婆"，觉得这人缺礼貌。妈想自己是来要钱的，不是来争理、斗气的，也没去计较。她看男人没有让她进屋的意思，就站在门外对着那张戴眼镜的白脸把下水道堵了、每家要收八块三毛三分钱的话讲了一遍，并说三分钱就算了，就收八块三。男人听妈讲完，既没说给钱也没说不给钱，既没让妈进屋也没让妈走。他一边重复妈的话一边思索，显得极有耐心。他说，你说你家住一层，主下水道堵了？妈说是。他说，你们拿出五十元钱来疏通。妈应承，嗯，是五十块钱。他说，六户人家每户应支付八元三角三分三厘。妈说，对。男人说，这是很合理的嘛，本来是八元三角三分三厘，四舍五入，收八元三角三分才对，你收八元三角干什么，少收三分钱是怎么搞的？妈说，我们吃点儿亏就吃点儿亏，为的是少找零钱方便。男人说，在钱的问题上没有小事情，这是原则问题，马虎不得，八元三角三分就是八元三角三分，不能收八元三角。妈还是头一次遇到这样的人，觉得可笑，就说行，您说得对。男人把门关上，进屋去拿出十块钱，依然从门缝露出一张脸说，我给你十元钱，你找我一元六角七分。妈把兜里的零钱全部掏出来，说，我身上只有毛票，给你一块七，三分钱就算了，我们不要了。男人说，怎么能算啦，我不好占你的便宜，钱上的事情一定要搞搞清楚。妈又摸了一遍兜，说，我没零钱，你有零钱你找。男人的脸有些涨红，说，老太婆，你这就没有道理了，我是买方，你是卖方，到商店里哪有售货员要求顾客找零钱的道理，这样咱们就无法成交了。妈一听这话觉得问题还严重了，好不容易遇到一个付钱痛快的主儿，别再因为几分钱把事儿搅黄了。妈赶紧回到家，问爸有七分钱没有？爸问干啥？妈说给三层找钱。爸不高兴，数落妈：就为几分钱的事儿来回跑，你值吗？妈说，我是说不要的，可没办法，碰到一个艮萝卜，非给不成。

四层贴红喜字的防盗门妈敲了几次也没敲开，屋里问了几遍谁呀、谁呀，妈一直在回答，我、是我。屋里又问你是谁？妈说我是一层的。妈说是一层的也不灵，屋里依然问，你有什么事吗？妈说有事，你把门开开。屋里说有事你说吧。妈为难了，要说的事隔着门很难讲清楚，就说得进屋去说。屋里没了动静，妈猜想小两口准是在被窝里腻着，就把耳朵贴近门想听听里面有没有起床的意思。

防盗门终于开了，开门的是年轻丈夫，妈见他出来赶紧用手把脸捂上，说，小伙子你先把衣服穿好再出来。年轻丈夫裸体赤背，仅穿一条三角内裤扶着门框说，没事，你快说啥事儿，我不冷。妈说，你不冷我看着不得劲儿。年轻丈夫看看自己的下肢，进屋穿上一条单裤赤着背又出来，问啥儿事？妈刚把下水道堵了需要收钱的事说到一半。床上被窝里的年轻媳妇迫不及待地问丈夫：咳，她干啥儿哩？年轻丈夫说：收钱。问：多少？答：八块三。年轻媳妇说：你傻呀，给她不就完啦！年轻丈夫从裤兜里掏出十块钱给妈。妈说，找你钱。丈夫说，不要了，算小费。说完"咣当"一声把门关上。妈听到年轻丈夫故意挑逗妻子：警察来了，警察来了！年轻媳妇说了句"你讨厌"，随即传出一阵打闹嬉笑声。

6

　　二层年轻女人又来了，进屋就掏出五元钱，说，大妈，我身上没钱，先给您这五元，剩下的再过两天啊。妈接过那张五元的纸币反反正正看一遍，爸在旁边说，五块钱你先拿回去，等有了再给。妈做顺水人情，说对对，等凑齐了八块三一起给。妈又把纸币送回年轻女人手里。年轻女人把钱收好，说，大妈，我还要用一下您的电话啊。妈看一眼爸。爸说，用吧。年轻女人拨过一串电话号码后说，你啥子时间能回来啊？娃儿的奶粉没了，我妈病了。她转过脸用讨好的眼神看了看爸和妈，说，疏通下水道的钱我还没给……年轻女人又要求给四川老家打电话，得到应允后她又把电话打到她二舅家。这回二舅没在，是二舅母接的电话，说她妈病情严重，已经住院，要她寄钱，并说最好能回家看看，她妈想她。年轻女人一边打电话一边哭，眼泪哗哗地流，放下电话已经哭成泪人。爸和妈都受到感染，妈劝解道，别着急，家里有人照顾，慢慢会好的。爸没有说话，只是在旁边微微叹了口气。临出门时年轻女人认真抹了抹扑簌簌的泪，矜持一笑，说，谢谢大叔、大妈啊！她的笑在瞬间绽放出一丝妩媚。

　　年轻女人出去，关好门，爸似乎才从她的悲伤中缓过神来，自言自语，年纪轻轻的，干点儿啥不好！妈说，我觉得这孩子不错，也怪可怜的！

　　大概晚上十点多，也可能是十一点吧，爸和妈同时听到二层有异样的响动。爸妈搬来这么久，从未听见过楼上有这么大的动静。爸说，准是烧砖窑的爷们儿回来了，砖末子吃多了，撑的！妈说回来就回来吧，闹出这么大的动静干啥？又过了一会儿听到孩子哭，一阵阵撕心裂肺的哭。爸说，不对呀，咱们应该上去看看，别出啥儿事。妈说，人家两口子打架你去干啥！

二层声音或大或小总有一些响动，间或还有摔东西的声音。孩子依然在哭。爸说还是去看看吧，一个楼住着，楼上楼下的，出了事儿不好。

爸和妈扶着楼梯扶手，悄悄从一层上二层，想在门外听听动静，只走到楼梯拐角处，就见二层的房门被人突然打开，从屋里窜出一个狼狈汉子，年轻女人紧随其后追出来，手里提一把菜刀，嘴里喊道：砍了你个龟儿子……她借屋内射出的光亮看到爸和妈在楼道步梯上站着，便转回头，随手重重把门关上回屋去了。年轻女人把门关得很响，楼道各层的声控灯被同时震亮，楼梯里立刻灯火通明。

从二层屋里窜出的汉子开始窜向三层，他刚跑上几步阶梯觉得不对，又转回身，伴随着"噔噔噔"一阵沉重的脚步声冲向了楼下。他从爸妈身边经过的瞬间，他们借着楼道的灯光看清楚，他正是六层的爷们儿，脸上分明还有几道血淋淋的印迹。

六层爷们儿的踪迹消失在楼外的夜幕中，楼道里开始热闹起来，几家房门纷纷打开，相互询问怎么了，发生了啥事儿。三层戴眼镜的白脸男人操着鸭脖嗓站在楼道里喊：乱哄哄的发生了什么事情？这样吵闹怎么好休息……

爸和妈返回到自家门口的时候，一层对门女人低声问：是不

167

是二楼爷们儿回来了？爸和妈对视一下均摇摇头。对门女人说，搞破鞋的，最终都没有好果子吃！

7

真是不幸，爸妈家的下水道又堵了。

这次下水道被堵是爸首先发现的，早晨起来他拿上一张报纸正要如厕，发现坐便池里半桶污浊物，臭气熏天，特恶心。妈开始还不信，说不会吧，才几天，咋会又堵哩？爸说没错，放屁砸脚后跟，喝凉水塞牙，活该倒霉。他问妈上次借来的橡皮搋子还了吗？妈说忘了还，在阳台上放着。这次爸很主动，要妈找来橡皮搋子，自己要亲自动手搋马桶。爸弯下腰，很虔诚、认真地搋了十几次，马桶里的污浊物很配合地翻腾十几次的浪花，可一旦平静下来，污浊物好像一滴也没有漏掉。

爸直起腰说，我算没招儿了，还是请疏通下水道的来吧。爸按照上次拨过的号码打了个电话，疏通管道的师傅说一会儿准到。

爸对着橡皮搋子发愣：它是用来疏通马桶的，可下水道堵了两次它一次也没管用，既然橡皮搋子不能搋马桶，这东西摆在家里就没有任何用途。爸对妈说，快去还给对门，不管用不说，还领人家一份人情。妈也很生气，说，住一层的不光我们一家，就没听说别人家下水道堵过，咋这么倒霉！妈对借对门人家橡皮搋子的事也很不开心，本来她不想和对门人家有什么瓜葛，主要是看不惯对门女人那种泥腿子进城、趾高气扬的丑恶嘴脸。过去和人家脸对鼻子不说话可以，谁也不欠谁的，现在不行了，借过人家东西，虽说没派上用场，却欠下人家一份情意。

妈提上橡皮搋子去敲对门家的门，家里没人，她知道对门女人爱在楼外和人闲聊，欲到楼外找，刚走到楼梯出口处对门女人从外面进来了，妈赔着笑脸说，橡皮搋子还给你，在我们家放了这么长时间，谢谢呵！对门女人并没有接妈手里的橡皮搋子，只是把那张干瘪的嘴凑近妈的脸说，四楼刚结婚的小两口准吵架了，刚才我看到新媳妇眼睛哭得似烂桃，收拾一大包东西回娘家去啦。妈不知她的话有没有根据，也不便刨根问底，就应和着说，现在的年轻人过日子就像过家家，好的时候甜哥哥蜜姐姐，不好的时候说翻脸就翻脸。对门女人一边掏钥匙开门一边说，我早就跟我们闺女发话了，两口子打架也不能往娘家跑，既然结了婚，就是当家人，要走也是男人走。对门女人打开门妈也跟进屋来，这时她才接过妈手里的橡皮搋子问：好使吗？橡皮搋子在我们家没发挥过作用，妈对她的问话很不好回答。妈正考虑把好使不好使的话题避开，"编造"一些致谢的客气话的时候，她突然惊呼道：哎呀，橡皮头咋坏了！妈有点儿蒙，仔细看看橡皮头上确实开了一道一厘米多长的口子。妈很想问是不是以前就有的，可这话不好出口，说出来效果肯定不好，就换一种口吻说，这个小口子不碍事吧？对门女人听妈这么一说就像被蛇咬一口，差点儿从地上蹦起来：你这话咋说的，咋会不碍事，再一使劲儿口子准变大，口子一裂开橡皮碗就成两瓣了！她一边说一边用手去掰。妈说，那咋办，要不我赔你一个？对门女人一听这话便平静下来，说，说实话，赔我都不乐意，这个搋子好使唤，碰不到这么顺手的物件。妈问得赔多少钱？对门女人说，我当时花五块钱买的，现在涨到六七块了，咱们门对门住着，我也不讹人，你按原价给五块钱吧……

疏通下水道的师傅来了，一手提着疏通机，另一手敲妈家的门。妈从对门门厅过道里看到了，便跑出来帮着敲门，敲了好几下爸才趿拉一双盘带凉鞋改成的拖鞋开门，门一打开师傅轻车熟路直接把疏通机搬进厕所里。爸把师傅让进屋才对随后进来的妈说，我还以为你拿着钥匙。妈进屋赶紧跑进厕所对师傅说，这回不能再收五十块钱了。师傅说，都五十。妈说，上次你就没疏通好，这么两天就又堵了。师傅说，不可能，没疏通好当时就不能用，不会等这么些天才堵。不知对门女人什么时候也站到厕所门外，她也帮腔说，人家疏通下水道都是四十五块钱，就你要五十，要这么多钱我们不用你了，你走，你走吧，我们再请别人。对门女人倒不见外，把自己当成了自家人。

妈一看对门女人追到家里来了，很烦她，就拿出五块给她。对门女人说，现在什么都贵，我那个撅子隔了这么多年也没涨价，那个坏的就不给你们送过来了。

对门女人关上门走了，爸问妈，给她五块干啥？

妈说，打发鬼！

下水道疏通好了，师傅临出门时妈硬塞给他三十块钱，她一边往门外推搡人家一边说，这回就这么着吧，以后有活儿还找你干。

师傅站在门外楼道里说，真没见过这样的人！

8

妈给我打电话说，厕所老堵，没办法啦。她让我找人做一个塞子，木头的、橡胶的、塑料的都行，只要能把便池泄水口塞住，不往上返水就行。我说，厕所以后就不用了？下水道堵了，塞子一拔，不是照样往上返水嘛！

妈说，实在不行，我和你爸就去街上的公厕解手。

憨 人

我们村以前有个憨人，叫二留。说他憨，是文雅词，村里人不这么说，村里人说他傻，说他是个二巴愣子。

二留家和我家相邻，他的年龄比我大一轮还多出三岁，可他是我们儿时的玩伴。他和我们这帮孩子一起玩儿有两个原因，一是和他同龄的人都忙乎哄孩子、婆媳妇的事儿去了，没谁有工夫搭理他；另一个是我的玩伴中有海波，他对海波好，爱和海波玩儿。二留对海波好是因为海波他姐。海波他姐叫海兰，是我们村里有名的漂亮闺女，她高挑的身量，白净的脸庞，浓密的黑发，梳着两条大辫子，系着两根红头绳，辫梢下了腰，走道儿直打屁股蛋子。

有一次二留在十字街上遇到海兰，就目不转睛地站着看，那双直勾勾的眼神，一直把海兰送到十字街的尽头，人没影儿了，可二留依然站在原地纹丝不动。海兰前脚过去，不想海波妈后脚也走过来，她见二留站在当街发愣，就喊："嗨！二留，看啥呢？"海波妈喊这一嗓子，才把二留的魂儿勾回来。回过神儿来的二留呆呆地对海波妈说："二婶，你就叫海兰妹子给我当媳妇吧！"海波妈一听忍不住咯咯地笑，她用手指着二留说："去，你到一边儿把鼻涕擦净了。"

二留和我们一起玩儿，有时我也恨他，恨他的原因是他事事偏向海波、不偏向我。那年冬天我们一起在"壕坑"冰面上滑冰，我和海波说好，我们比赛滑冰车，看谁滑得快，可还没等我喊"预备，开始"，二留推着坐在冰车上的海波跑了。海波滑，二留推，我怎么也追不上，结果我输了，弄得我很丢面子。

我要不说说"壕坑"，可能大家都不知道"壕坑"是个啥。

"壕坑"是我们村边的一个大水塘，村里人叫它"壕坑"，这是我们村明朝初年建村时留下的。我们的先人很聪明，他们在建村时为了防范匪盗的袭扰，就将村子建成一座屯堡，在屯堡四周筑起城墙，留东西两座城门，晚上村民住在屯堡里，城门一关，谁也甭想进去。筑屯堡的城墙需要土，他们就在屯堡四周挖壕沟，壕沟的土还不够用，就挖坑取土，再把小东河的水引进来形成水塘，水塘就变成了蓄水池——水多时存水，缺水时向壕沟里补水。最初因水塘与壕沟相通，村里人就称其为"壕坑"了，这个称谓一直沿用至今。我们小孩子夏天在"壕坑"里游泳、摸鱼，冬天在冰面上嬉耍、滑冰，"壕坑"就成了我们儿时的天然乐园。可"壕坑"水深，差不多每年都淹死人。

我小时候，我们村里不仅有戏班，还有高跷会，村里人管它叫"玩意儿"，玩高跷自然也就说成"玩儿玩意儿"了。每逢过年，戏班、"玩意儿"轮番上阵，热闹非凡。二留想参加戏班，也想

173

登台唱戏，可戏班里不要他。戏班里不要，他就去"玩儿玩意儿"，可"玩意儿"里穿彩衣、蹬拐子的差事依然轮不到他，他就去背牛皮大鼓。背牛皮大鼓费力气不说，鼓敲起来"咚咚"地响，震得人撕心裂肺、脑浆子疼。二留愿意背大鼓是因为他喜欢被人群围着看的那种感觉，如果在人群中看到海波他姐海兰，他就更美了。在他看来，背牛皮大鼓就像新郎官披红挂彩，常常美得嘴角边哈喇子流出来都不知道去擦。

二留人憨，可体格棒，也有把力气，只是他干活得有硬饭顶着，光喝稀食不行。有一年春天海波家盖新房，二留天天去义务帮工，而且专干往房顶上扔大泥的苦活儿。有一天中午吃午饭，海波妈给帮工干活的乡亲们准备了黏馍馍、熬菜和小米粥，海兰负责给大家打菜、盛饭。在大伙蹲在院里准备吃饭的时候，我们街坊常仁和常礼兄弟俩合计好了，故意要逗一逗二留。常仁当着二留的面，对常礼说："你信不信，你猜不到二留吃馍还是吃粥。"常礼说："我能猜到，二留准吃馍。"二留听完常礼说，拿起碗，让海兰盛一碗稀粥，喝了。二留喝粥的时候，常仁、常礼在吃馍。这时常仁又对常礼说："这回你还猜不到二留要吃啥。"常礼说："这回我猜他该吃馍啦。"二留听了，又把空碗递给海兰，一脸诡秘地笑，说："我还喝粥。"二留喝完第二碗粥，常仁又说："我说你猜不到二留吃啥，你就是猜不到。"常礼说："我就不信猜不到，二留已喝两碗粥了，这回我猜他肯定吃馍。"二留要吃第三碗粥的时候，被海波妈制止了。海波妈说："常仁常礼，你们俩别逗二留了，喝一肚子稀粥，下午咋干活！"常仁说："二婶，你要是不拦着，二留今天中午准喝一肚子稀粥。"二留没弄清楚常仁常礼的意思，也没听明白常仁和海波妈的话，他还"嘿嘿"地笑，故意在海兰面前炫耀说："他们就是猜不着我吃馍，还是吃粥。"不过二留喝粥并不耽误吃馍，那天他还是吃了五个饭碗大的黏馍馍。

二留愿意去别人家受累，不愿给自己家干活，因为给自己家干活没有好吃食，他娘尽给他吃干饭汤。干饭汤里汤多干饭少，二留经常说，肚子撑得鼓鼓的，就是不饱。

我和海波上小学三年级那年暑假，我俩到"壕坑"里游泳。我们正玩打水仗的时候二留来了。二留他娘让他到自家玉米田里去锄草，他却扛着锄头来找我们玩儿。二留懒洋洋地仰在柳荫下看我俩在水里扑腾，一副悠然自得的样子。我向他挥挥手，说："下来，下来玩儿会儿。"二留说："我是大人，不跟你们光腚小孩子玩，寒碜！"一会儿，我们玩儿累了，就向坑边游，游着游着，海波呛水了。我们游泳，呛水是常事，可这回不同，在水里泡的时间长了，身上乏乏的、软软的，没力气。海波呛了水，呛水就想在水里站下，歇一歇，喘口气。他站下时脚没蹬到稀泥底。海波脚没蹬到稀泥底就又喝了口水，这下坏啦，他扑腾几下就沉了下去。我只见海波在摇手，就是看不到他脑袋瓜。我想过去救他，可浑身没劲儿。这时我就向岸上的二留招手，可那败兴东西，眼神就像水草上的蜻蜓，漫无目的地到处飞，根本不往我们这边看。我喊他，他依然毫无反应，耳朵里也好像塞了驴毛。过了好一会儿，二留的目光才像鬼火一样慢慢悠悠从空中飘到水面上。这时我再招手，这个白痴似乎才明白过来是怎么回事。明白了咋回事就快下水捞人吧，可他不，

175

他还要脱衣服，先是把鞋子脱了，脱了鞋子又脱裤子，脱了裤子再脱袄。这个屄二留，都火烧眉毛了，他还舍不得那身臭烘烘的烂衣服！

二留一下水我才知道，这个蠢家伙是只旱鸭子，从来没见他下过水，别说扎猛子、凫水了，就连狗刨都不会，只会在水面上乱扑腾。

二留终于扑腾到海波沉底的地方，还不错，也仗着他身大力不亏，硬是钻到水里把海波托出水面。我看海波露出水面，就去拉。我拉，二留推，终于把海波拖到坑岸边。可当我再转回头来找二留的时候，他却不见了，水面上连个人影也没有，只看见水底下冒出几个气泡泡，就像水底下潜着王八一样。

二留沉入水底，我没下水去救他。没去救他的原因并不是我怕死，也不是忌恨他偏向海波不偏向我——我早把和海波比赛滑冰，二留帮助海波赢我的事忘到脑后去了——而是我实在没力气下水了。

我救不了二留，海波又不省人事，可把我急坏了；我着急了就使劲喊人，连哭带喊，把嗓子都喊破了。开始没人听见，也没人理我。后来有人来了，再后来来了不少人，又过了一会儿，海兰、海波妈也来了，大伙七手八脚，有下水捞二留的，有在岸上救海波的。后来海波睁开眼会说话了，可二留一直没睁眼，始终也不能开口说话。

乡亲们就像拽死狗一样，把二留拽到"壕坑"边的太阳底下，一边让他恢复体温，一边给他控肚子里的水。二留这回可现大眼了，他上身仅穿一件汗衫，就像一条没有装满粮食的口袋,任人翻来覆去地抬起放下。他光着下身可丑了,大腿、屁股,就连腚沟子上的皮肤都黑乎乎的,就像在煤堆上滚过一样。他翻过身子更丢人,撒尿的家伙就像一条毛毛虫,也随着翻转的身子来回摆动,就这么让海波妈和海兰看着,我都替他害臊,替他脸红。

可能是海波妈也嫌二留光着屁股丢人,就让海兰回家,拿来海波爸爸的新袄新裤子新鞋给他穿上。要说二留还真有福气,海波他爸在永宁城里工作,尽是新衣服,二留一辈子也没置办过一件这么好的行头。别说,海兰也真可以,一个未出阁的大姑娘,就这么青天白日的,在众目睽睽之下,和她妈一起给光着屁股的二留穿衣服,穿了内衣穿外衣,穿了上衣穿裤子。

二留死了,还没出殡的那几天,村里很多人都来为他忙活。二留出殡那天我也去了,咋说我也该送送我这位老朋友。

那天乡亲们把二留装进棺材,木匠就要在棺材板上"捻大钉"了,海波妈把二留娘从屋里搀出来,让她看二留最后一眼。二留娘哭声蔫蔫的,已没有了声响,她只说了句:"傻儿呀,你走了,以后娘吃啥?"这时,我听到海波爸爸当着众人的面说:"在场的各位父老乡亲作证,我向大家保证,我家有吃的,就不会饿着二留娘;我家里有稠的,就不让二留娘喝稀的。如果她死在我前头,我给她养老送终;如果我和海波妈死在她前头,海波、海兰给她养老送终!"海波爸爸说完这番话,很多人都流出了眼泪,人群里的几个姑娘、媳妇还哭出了声。

这时发生了一件谁也意想不到的事,我看到海兰跑进二留娘的屋,拿出一把剪子,当着众人的面,齐刷刷地把自己的一双大辫子剪了。

　　海兰把一双粗黑的大辫子拿在手里，又从衣服口袋里掏出平时系的红头绳，绑在辫梢上。她就这么生生把自己心爱的一双大辫子扔进了二留的棺材里。

迟到的祝福

人常说"近朱者赤，近墨者黑"。如果一个男人在女人堆里泡的时间久了，身上或多或少就有了几分女人气。

我刚刚到一家国有企业入职。我们部门是公司里的一个小部门，在我没来之前，我们部门就三个人，科长、刘姐和吴斌，就吴斌一个男人。据说，在我们科长和刘姐没到这个部门工作之前，我们部门也一个男人，那就是吴斌。现在我来了，我们部门就有了四个人，但仍旧一个男人，还是吴斌。

吴斌参加工作不久就到我们部门工作了，他的工龄比我的年龄还长。刚上班那会儿，我看吴斌的年纪和我父亲相仿，就称呼他吴叔，把吴斌叫得有点儿手足无措的样子。有一次，我叫他吴叔被我们科长听到了，她说我们在一起工作，都是同事，你不能管叫他吴叔，要叫吴哥。我们科长又对吴斌说，老吴斌，别看你女儿和小郝年龄差不多，如果她们见面了，你也得让你女儿管小郝叫郝姨。吴斌两腮瘪了一下，嘬了嘬牙花子，说了句：那是当然。

起初，吴斌给我的印象不好，一身的娘们儿气不说，还特抠门儿。我看他说话办事的样子，就想起我们家邻居奶奶常说的一句十分难听的俗话，叫"抠抠屁股，嘲嘲指头"。

我说吴斌抠，绝不是在背后说他坏话，我举一个例子，您就知道他是个什么样的人了。那是我刚来上班的第二天上午，我们科长对吴斌开玩笑说，老吴斌，咱们部里就数你挣钱多，小郝刚来上班，你还不表示表示，请个客。

那是当然。吴斌两腮瘪了一下，痛快地应下了。随即我看他打开办公桌抽屉，抠抠索索拿了一些零钱，出门去了。不一会儿，他回来，手里提了个塑料袋，塑料袋里装了四根冰棍。他在发冰棍时说，快吃，快吃，大家快吃。奶油的，不吃一会儿化了就不好吃了。结果那天是我们科长请的客。

没过几天，我们加班晚了，科长又逗吴斌说，我说老吴斌，今天该请客了吧。吴斌又两腮瘪了一下，没有说"那是当然"，而是说，怎么又我请客？

吴斌无论是对别人，还是对自己，在"抠"上都一视同仁。我来上班都好几个月了，就没见他穿过一件像样的衣服，只见他两条裤子、两双皮鞋，每天来来回回地倒换着穿。我有些纳闷了，他虽然没有职务，但是公司的高管，在我们部门数他的工资高，怎么会这样节俭呢？

我工作时间长了，和大家慢慢熟悉了，就想了解一些吴斌的家境。有一天，科长和吴斌不在屋，我就悄悄地问刘姐：吴斌家里生活很困难吗？

刘姐告诉我说，吴斌他们家本来生活条件不错，只是在他女儿考上大学的时候，他和妻子离婚了，把楼房和女儿都给了他前妻。后来他女儿去美国留学，花销大了，把他弄得生活很拮据。

我想，准是他妻子嫌他抠，要不就是嫌他不像个男人，或者是既嫌他抠又嫌他不像个男人，才和他离婚的。但我并没有把自己的真实想法说出来，而是问刘姐，他妻子为啥要和他离婚？

刘姐说，我问过吴斌，他说他和妻子性格差异大，话不投机，感情不和。刘姐接着说，他说过去孩子小，怕离婚了伤害到孩子，影响孩子的成长，他们双方就一直忍着、忍着、忍着，后来孩子大了，觉得还是分开的好，就分开了。刘姐又压低嗓音说，我听别人说，他妻子很早就有了外遇，有了第三者。吴斌也真不容易，为了女儿的成长，就这么一直顶着顶绿帽子，忍着！随后，刘姐又转换了口气说，当然，这可能是谣传，当着你们年轻人，我不该说这些没用的。

我说，那吴斌的前妻一定很漂亮了？

那是当然。刘姐说，你想呀，吴斌家世世代代都是城里人，祖辈在繁华的市区还给他留下一套老住宅，只是后来这处老宅院被政府拆迁了，给了他两处楼房。后来他女儿在美国定居要买房，他把其中一处面积大的楼房卖了，把钱全部给了他女儿。他现在住一套面积小的单元楼。当年他的家境可是好，而他前妻是个农村进城的姑娘，如果长得不漂亮，吴斌还……

猛然间，吴斌推门进来了，他见我俩正低声言语，便提高嗓门诙谐道：不许在背后议论领导啊！

刘姐说，谁说我们议论领导了？我们正议论你！

议论我？我一个平头百姓，有什么好议论的。吴斌说完，我们三个便长长短短地笑起来。

一个星期一的上午，我拿出周日上街给我爸爸买的一顶棉帽，是那种很土的、很多年以前满大街流行的那种栽绒棉帽。我说，吴哥，我给我爸爸买了顶棉帽，你帮我试试。其实，吴斌和我爸爸在体形、相貌、个头儿上都有差别，他矮矮的、白白的、胖胖的，根本戴不出我爸爸戴帽子的效果，我只是没事拿他找乐子罢了。吴斌接过棉帽端详着，两腮瘪了一下说，看到这顶帽子真亲切，我上学时就一直戴这样的帽子——小郝你真行，竟能淘到这样的老东西，恐怕只有在国营商店的仓库里才能找到吧？他把帽子戴在头上，就像一个高中生。

科长说，都说女儿是父亲的贴心小棉袄。老吴斌，你女儿都挣美元了，给你买过衣服吗？

刘姐也玩笑说，你女儿没给你买回一顶牛仔帽来？

吴斌听了她们二位的话，没有了往日的说笑，只是两腮瘪了一下，默默地把头上的帽子摘下来，轻轻交到我手里，拉开房门出去了。

吴斌离开办公室，我们几个都沉默了。我觉得气氛不对，就说，吴哥今天怎么了？科长说，准是我们的玩笑话，说到老吴斌的窄心处了。

一会儿吴斌回来了，脸上一扫出门时的阴霾，神采飞扬地说，刚才我在楼道里遇到财务部的高经理了，她说咱们部门上个月任务完成得好，要发奖金了，据说还不少。我们看到他这样，就把刚才的话题扔得远远的，再也没人提及了。

在一个雾霾天的上午，天气闷闷的。我们都在办公室里埋头忙手头上的工作。突然，门卫保安来电话说，大门外有人找吴斌，说是一位女士。电话是我接的，我让吴斌听电话，他拿起电话，说了两句，便匆匆下楼去了。

一会儿工夫，吴斌回来了。

科长问，老吴斌，谁找你？

吴斌说，我不说你们可能猜不到，是我前妻。

刘姐一听来神了，说，以前没听说你前妻找过你，今天找你是不是来叙前情的？

哪能呀，她和我离婚不久就和别人结婚了。吴斌说，她是来向我寻求帮助的。

寻求帮助？我们都用好奇的目光望着他。

吴斌说，我前妻和她丈夫前一段时间去了一趟美国，本想去看看我女儿的，没想到我女儿只在机场接他们时去了一下就不见人了。他们在美国待了八天，只见了这一面，把她妈气疯了。

科长问，那让你帮她什么？

让我教育女儿呀。吴斌说，她一边说女儿的不是，还一边批评我，说是我惯的、怂恿的，让女儿变成这样。实际上女儿跟她在一起生活的时间可比和我长多了。

我们在一起相处的时间长了，我发现吴斌很有些男子汉的胸怀，就是在这样的话题上，他也没有对前妻有一句牢骚；对待女儿，他更是一位心地善良的父亲。虽然他在形象上和我的父亲大相径庭，但以我作为女儿的角度，可以从他身上体味出一个父亲对女儿的那片慈爱心——此后的一段时间，我都不好意思叫他吴哥啦。

在过了很长一段日子后的某一天，吴斌的手机忽然响了。因为无论谁的手机，每天都会响，吴斌的手机响了，自然也不会引起我们的在意。

吴斌拿起手机，翻看了一会儿，然后又翻看了一会儿。

科长问，老吴斌，看什么呢？

吴斌把目光从手机屏幕上移开，看了看我们，两腮瘪了一下说，我刚刚收到我在美国一个熟人发来的一条微信，他告诉我说，我闺女在美国结婚了，女婿是一个美国人，还发来一些图片。我们拿过吴斌的手机，争相翻看吴斌女儿婚礼仪式的图片。我第一次看到吴斌女儿的照片，发现他女儿是个颜值很高的美女，高高的个子，白白的皮肤，挺拔的鼻梁，眼睛也亮亮的，但在眉宇间，还是可以看到她父亲吴斌的影子。

我们科长说，老吴斌，女儿结婚，这么大的喜事，你得请客啊！

吴斌瘪了一下两腮，说了句，那是当然。脸上就没有了别的表情。

刘姐说，吴斌，你又升格了，都给美国人当岳父了，说不定明年就当姥爷了。快发个信息，给你女儿祝贺一下。

我和科长也撺掇吴斌给女儿发一条祝福的信息。

吴斌坐在椅子上思量良久，而后向我们征求意见说，你们看我这样发信息行不行：

祝贺你们，送去爸爸迟到的祝福！

科长说，行啊，好啊，挺好的。

我和刘姐也说好。但在我说好的同时，我的鼻子酸酸的，两只眼睛含满了泪……

老教师的画

　　我们村过去有个戏班，专唱河北梆子，戏班里有一位教戏师傅，全村人都叫他老教师。这里的"教"，不是教师的"教"，而是教书的"教"。老教师面目清瘦，身材瘦小，他不但戏教得好，画儿画得也好。庄户人眼窝浅，没见过大世面，见到老教师就算见到圣人了，全村人都对他毕恭毕敬的。

　　老教师二十世纪五十年代初来到我们村。他来之前，村里就有了戏班，是那种临时抱佛脚的草台班。演员们农忙时下地，农闲时排戏，正月里、庙会上和"春祈秋报"的时候唱戏，由村民们攒凑钱粮，以做供养。演员们唱戏没报酬，只管饭，全凭兴趣唱戏。

　　村里原有的戏班，破衣烂衫，鼓乐不齐，演唱的剧目也少得可怜，只有《蝴蝶杯》《打金枝》《打渔杀家》那么几出老掉牙的戏，翻来覆去地演，年年倒菜缸。老教师来后，村里立时有了生气。在二十世纪五十年代末六十年代初那段戏班最红火的日子，我们村的戏班能唱二十几本大戏，每年春节从正月初二唱到正月十六，天天不重样。我们村的戏班，在那一带乡村，也算是窗户眼儿吹喇叭——名声在外啦。

老教师孤身一人来到我们村，享受五保户待遇，吃穿由集体供养，他一个人住在一处四合院里。这处四合院是土改时分地主的浮财，后来归了村集体。四合院不大，北南屋各三间，还有东西配房。老教师住北屋，南屋用来排戏，东西配房存放服装、布景、道具。小院是专门为排戏准备的，村里年轻人给它起了个当时很时髦的名字，叫"俱乐部"。我外婆家就住在"俱乐部"隔壁的东院。村里小青年们爱热闹，有事没事都往小院里钻。小院里唯一和戏剧不太沾边的空间，就是北房的西间，老教师开辟了一间画室，地上支起一块大木板，摆满笔墨纸砚和颜料，这是老教师画画的地方。过年或村里有红白喜事时，他也给乡邻们写福字、写春联。

老教师住的四合院临街，当街有一座古戏楼。戏楼面阔三间，进深两间，五梁四柱，雕梁画栋，造法考究。据村里老人讲，戏楼是道光年间修建的，在方圆百里内都是稀罕物。村里人在天气好的清晨，常会见到老教师背着手，在戏楼前的空地上走圈圈；如果前一天晚上唱戏了，还可以看到他拿着扫帚，台上台下地打扫戏楼。古戏楼是老祖宗给子孙们留下的一样宝贝，也是我们村的门面，就连邻村的大闺女们嫁到我们村，都觉得脸上有光，觉得为娘家人争气。

老教师来我们村的时候，我还未出生，等我记事了，他就有些老了。后来我高中毕业，去五千里以外的南方当兵，等我几年后再回家的时候，老教师也作古了。他姓甚名谁，是哪儿的人，他常年泡在胭脂粉黛之中，又为啥终身未娶，等等，都成为我心中的谜。我小时候常听乡亲们说，老教师是从京城来的。后来我一直琢磨，像他这样造诣高深的河北梆子戏剧大师，怎么会流落到乡村？可能是看中了我们村里的那座戏楼吧？

后来，老教师被村里一些不着四六的人，称作"肩不能担，手不能提"。这个时候村里就不排演古装戏了，老教师也就闲下来了。老教师有村里很多人护着，闲下来也没人敢强迫他下田地。

我们家乡有腊月里蒸馍馍的习俗，当地人称作"淘米"。记得有一年腊月，快到年根儿了，我外婆家淘了米，大清早，刚出锅的黏馍还冒着热气儿，外婆挑出几个个儿大的、匀溜的，要给老教师送去。外婆拉着我的手，端着馍，来到老教师住处的时候，他正在西间屋里画画呢。外婆搁下馍，说了句，快吃吧，还热乎着呢。老教师没有理会外婆的话，手里依然握着毛笔，我们临出门的时候，老教师从里屋撵出来，说要送我一张画玩儿，并说他早就画好了，想送给我，只是久许没见我，就一直放着。我把画拿回家，打开了看，是一幅《鲤鱼跳龙门》。老教师还在画上写了四句话，盖了红红的印章。外婆说，老教师画的鱼，就跟活的似的。

我母亲当姑娘的时候，也在剧团里唱戏。我母亲有点儿文化。那时候，剧团里的人大多不识字，老教师教戏的时候，把一出戏从头到尾说下来，有文化的用笔记，不识字的用脑子记。老教师说戏，从戏文到唱腔，从脸谱到髯口，从服饰到道具，都在他的肚子里。他肚子里到底装着多少部戏，他是怎么把一帮脖子都不洗、满头高粱花子的庄户人，训练成立在台上的角儿的？是我一直想弄明白的问题。

我从小就常听母亲说，老教师的画，拿到北京能当钱使。我记得她曾说过一件事儿。一九五五年的冬天，剧团要拍《三上轿》，需添置几套戏服。老教师知道村里没钱，他就画画。等秋后粮食归仓要排戏了，老教师就让剧团里的大衣箱师傅，也是他最信任的人，吴老六，拿上一卷画和一封信，去了趟北京琉璃厂。过了三天，吴老六回来了，褡裢里揣了一卷的钱。母亲还说，吴老六回来，我们就问，你是从哪儿换的钱？吴老六说，我按照老教师给的地址，把信和画交给掌柜的，掌柜的啥也没说，把画卷走，就给了钱。

自此以后，村里很多人都找老教师索画。老教师不给，并说，我的画贴在墙上没有杨柳青的年画热闹、好看，给你们既换不来钱，也不能当饭吃，没用。因此，村里人家几乎家家过年贴老教师写的春联，但很少有他画的画。

不允许唱古装戏了，老教师就闲了下来，那一年我刚到村中的小学校读书。每天清晨，我从外婆家出门，总会看到老教师在戏台前的广场上甩臂、溜达，逢人也不讲话，他走到高耸的戏楼前，身材显得异常瘦小。我时常想，老教师不练戏功，怎么能唱戏呢？

不让唱戏后，不知道从哪儿吹来一股风，村村都在大街的墙壁上画墙画。一开始在我们村大街上画墙画的，是北京下放来的美术老师和学生，他们也教我们村里的小青年画。后来，北京人走了，就只由村里这帮小青年画，墙画上的人被画得胳膊粗、拳头大、面目丑得很。他们画画，老教师有时也会停下脚步站着看，每逢这时，就有人动员老教师也来画，可老教师不说画，也不说不画，扭头便走。

我们的戏楼，在前街的东头，坐东朝西，一面墙靠墙，一面墙临街。临街的一面，磨砖对缝，宽大平整，很适宜画画。村里的小青年看中了这面墙，搭起脚手架。脚手架搭成了，轻易不开口的老教师说，这面墙，我来画。

老教师在戏楼一侧墙上，画了一幅满墙的大画，画的是天安门城楼和天安门广场上人们聚集的场景。画画成了，从画前走过的人，都说画画得好，可再让他在别处画，他就不画了。

那一年冬季，我应征入伍了。第二年腊月，家人给我写信，说老教师去世了，并说，村里过年又要恢复古装戏演出。老教师临死前一天晚上，还为戏班里的演员说了大半夜的戏。老教师一边说戏，一边咳嗽，大家劝他早点儿休息。他生气，说不休息，就又一边咳嗽，一边说戏。第二天早上，有人发现老教师死在了"俱乐部"他居住的屋里。

我当兵几年后，在部队提了干，后来家属也随了军，四年没有回家。当我再回家探望父母时，村里的剧团解散了。我问母亲，剧团咋会解散？母亲说，家家有了电视机，村里的年轻人又都进了城，没人看戏，也没人唱戏，剧团就解散了。

后来我再探家，我发现村里人做了件极端蠢的事。这件事做得对不起祖先、对不起子孙，更对不起老教师——他们把当街的古戏楼拆了。我问母亲，村里为什么要拆戏楼？母亲说，村里也不唱戏，戏楼没用了；戏楼破旧了，没钱修；街上要走汽车，戏楼也碍事。这时我意识到，老教师的一生，可能什么也没有留下。

　　我在部队一直当政工干部，可能是因这个缘故吧，转业回乡后，被分配到县文化局。干上文化工作后，我慢慢地喜欢上了书画，有时间也写写字儿、画画画儿。有一天，我突然想起老教师为我画的那幅《鲤鱼跳龙门》。于是，我便迫不及待地给家里母亲打电话。母亲想了半天，说，你刚当兵走的那年，我怕画丢了，就把它藏在寝室的顶棚上，后来拆房子，把画拿出来，发现那幅画被耗子嗑破几个窟窿。我一听，心都揪紧了，生怕母亲说把画扔了或烧了，就像村里的戏楼一样，被无知和愚昧毁掉。不过还好，母亲想了想，又说，她怕画再被耗子嗑或被虫咬，就把画和我父亲不穿的老羊皮袄一起，放在板柜的最底层。

　　趁周末回家，按母亲的记忆，我找到那张《鲤鱼跳龙门》，还好，除被老鼠咬出几个洞，存放时压出几道褶皱外，还是一张完整的画。这时我才仔细观赏这张画，画面以纯墨晕染，未施半点染料；墨分五色，干湿相间，浓淡相宜；几条鲤鱼，其中一条甩尾奋起，弹落水珠，欲跃龙门。画作左上方行草题诗一首：

　　　五色银鳞披锦新，
　　　逆流千里苦追寻。
　　　千般磨砺何如此，
　　　只慰龙门一跃心。

　　以我的理解，这首诗是用来激励我的，同时也是老教师心灵的写照。提款下方有一枚印章，篆书"九岁红"三个字。

睹物思人，我不禁潸然泪下。

一次偶然的机会，我看一个电视访谈节目，节目的名称为"戏剧名家谈绘画"，请来的都是当今梨园界的丹青高手。当谈到绘画与戏剧的亲缘关系时，他们大谈美学精神的相应相通。他们说梨园艺人在尽显技艺之外，也有雅事之好，并列举出多位戏剧名家的"雅事之好"，如"四大名旦"、孟小冬以及新凤霞等。令我惊奇的是，其中还有人提到"九岁红"的名字，说他是保定府安新县人，五岁学戏，七岁登台，九岁唱红；先学保定老调，后唱口梆子；一九〇三年出生，后来不知去向，云云。

老生王树声

　　我们村河北梆子剧团，在二十世纪五六十年代古装戏唱得最红火的时候，出了很多好演员，可要说最受观众追捧的，有两个人，一个是花旦李红子，另一个就是唱老生的王树声了。他俩不仅戏唱得好，还年轻，被乡亲们称为剧团里的"金童玉女"。

　　我常听村里一些上年纪的人讲，王树声第一次登台就出人意料赢得个满堂彩。他们说王树声那天饰演《秦香莲》里的韩琪。他们还记得那天是大年正月初二，夜场戏，演到《杀庙》一场，台下的观众发现扮演韩琪的演员换人了，是一个扮相俊朗的小伙子。大家都屏住呼吸，期待新演员的表现。这时有人还窃窃私语，猜测韩琪是谁扮演的，是从别村剧团借来的，还是本村人。等韩琪开口唱"正行走，用目望，不见民女哪里藏"时，那圆润、清亮的嗓音，把台下的观众都镇住了。当"韩琪自刎"，用一个直直的后摔完成谢幕时，台下一片潮涌般的叫好声。王树声就此奠定了自己在我们村剧团头牌老生的地位。

王树声自幼父母双亡，跟着叔婶生活。他叔老实本分，对他还好，只是婶娘刻薄，不许他念书，只让他干活。王树声当初到剧团和老教师学戏，也是偷偷地学。后来他会唱戏了，婶娘不让他唱，还是老教师为他讲情，他又向婶娘做了唱戏不耽误干活的保证后，婶娘才同意他唱戏的。老教师对他婶娘说，这孩子是个天才，不唱戏糟蹋了。他婶娘不懂啥是天才，只知道白使长工更实惠。

二十世纪五十年代，我们村的戏在我们那一带百十里乡村，算是山沟里敲锣，山外头有声，王树声也随着剧团名噪一时。

有一年正月，我们村剧团应邀到南山铁炉村唱戏。晚饭后，天已经很黑了，老教师撩开幕布看看戏台前熙熙攘攘的观众。他把村中管事的找来，问："咋这么点儿人？"管事的说："我的好师傅，您不知道，听说今天是百老屯的戏，方圆十几里村子的乡亲都来了。"老教师问："那怎么才这么点儿人？"管事的说："我们山区不比你们平川，村子小，人口稀。"老教师听后哈哈一笑，说："我咋把这茬儿忘了！"

锣鼓家伙响了，老教师在后台喊一声："大伙卖卖力气，十里开外的乡亲都来给咱们捧场了！"

那天唱的是《四郎探母》，王树声饰演杨延辉。《坐宫》一场唱完，在王树声围着后台劈柴炉子取暖的工夫，忽然有人叫他，说戏棚外面有人找。他心里纳闷：这一带村里没有亲戚，也没有熟人，谁会找我？当他披上棉袄走出戏棚时，看到一位老妇人怀里抱着两个小布口袋在等他。王树声问："您找我啥事？"老妇人说："去年四月二十三你们在永宁城黄龙潭庙会上唱《秦香莲》，不是你演的韩琪吗？"王树声说："那是我。"女人说："我们全家都去瞧戏了，我喜欢你的戏，我全家人也都喜欢你的戏。今天来看戏，顺便给你带点儿吃的。"他把两个小布口袋抱进后台打开一看，一布袋核桃，一布袋榛子。那时的人们肚皮薄、脸皮厚，等王树声上台唱过一场戏下来，两布袋子坚果，就只剩下两只空布囊了，核桃皮、榛子皮扔了一地。这时，有人调侃说，树声，干脆你认个干娘算了，我们可以经常沾沾光。还有人打趣说，树声，你没问问人家有没有未出阁的闺女……

　　要说最让王树声露脸的事儿，就属一九五七年"五一"节了。为庆祝新中国成立后我国第一个大型水利工程——官厅水库竣工三周年，河北省文化厅委托张家口专区组织一场庆祝官厅水库工程胜利竣工三周年河北梆子戏曲展演。当时邀请的剧团有保定河北老调剧团、蔚州秧歌剧团、张家口梆子团等，我们村的河北梆子剧团也在被邀请之列。一个乡村的草台戏班，被邀请到张家口专区去唱戏，这里面有两重原因，一是我们村的戏唱得确实好；二是流传于妫州地区的梆子腔，虽属口梆子一脉，但其唱腔尾音悠扬绵长，被业内人士称为"拖死调"，这是妫州平原独有的特色戏种，这回也来借机展示。一个乡村剧团能走到这样大的台面上去，既代表了全县，也成了县里的荣耀。县政府便专门派一位副县长临时担任剧团团长。那天我们村剧团参演的剧目是全本的《潘杨讼》，场景大，演员多。王树声饰演的寇准，更是一个吃功夫的角色。事后，这位带队的副县长说，当他看到王树声唱"金牌宣，银牌调，才把微臣连夜调来京"时，便瞬间产生一个想法：王树声这么好的戏功，为啥不调到县剧团去！王树声还没卸妆，副县长就跑去问他愿不愿意去县剧团唱戏？王树声自然是一百个愿意，只是谦辞说，没有文化。副县长风趣地说："没有文化就把戏唱成这样，有了文化还不登天了。"他鼓励说，"没有文化可以学嘛！"后来，副县长还感叹说："真是沙里掩金，想不到一个乡村草台班竟有这么好的演员。"

县剧团调王树声的通知果然来了。

起初，王树声他叔听到县剧团要王树声去城里唱戏的消息还满心欢喜，说树声出息，唱戏唱出了名堂。而王树声他婶娘私下里却对他叔说："你糊涂呀，你棒子面糊糊喝多了，倒灌进脑袋瓜子里去了。你也不想想，他要真走了，家里就少一个壮劳力，这些年养他的饭，不就成了肉包子打狗啦！"

王树声他叔拧不过他婶娘，就去阻拦王树声。县里听说王树声家人不让他去剧团唱戏，就让村干部做他叔婶的思想工作。村干部找王树声叔婶说情，他婶娘说他去县里唱戏可以，但村里要给他记满工分，一年三百六十五天，一天也不能少。村干部说去县里唱戏人家给发工资。他婶娘说，发工资到不了她手里，没有给工分牢靠。村干部给王树声出主意，让他去找他娘家舅来说和。王树声他老舅来了，来回跑了三十多里地，连口水都没喝上，让他婶娘一句话就顶了回去。王树声他婶娘对他老舅说："你让他去唱戏可以，你把他二十年的饭钱补上。"

王树声在一筹莫展、唉声叹气中病倒了。这回他婶娘表现得倒挺积极、挺热心，专门让他叔去永宁城仁德堂药铺为他抓回七服汤药。七服汤药服下，病见好，可嗓子哑了，开始哑得说不出话，后来话可以说，但成了哑嗓。去县剧团的事儿自然也就醋拌黄瓜菜——凉了。

到我记事的时候，我们村的剧团已停演古装戏。又过几年，社会上开始风行样板戏，村里又把剧团里的老人儿拾掇起来，开始排演《智取威虎山》《沙家浜》《红灯记》几个剧目。我觉得，我们村剧团唱得最好的是《智取威虎山》。《智取威虎山》里演得最棒的就是少剑波，因为少剑波是王树声饰演的。他把"我们是工农子弟兵"那一大段唱得撩人心绪，那沙哑、委婉的嗓音，有一股特殊的魅力。后来我听了言菊朋先生的京剧老生唱腔中的"破"腔音，又听了单田方用破锣嗓子说评书，觉得我们村王树声的嗓音和他们有异曲同工之妙。我一直在想，如果王树声在大剧团当演员，或是有机会走出去被人发现，他自己再有点儿文化钻研一下戏剧艺术，说不定也可以形成河北梆子老生的一派，也可以百年流芳。只可惜他没文化，只可惜他是个农民，只可惜他没走出过生养了他的那片土地，他只能生活困苦、默默无闻。

我后来参军去了两千公里以外的南方，对村里的事情知之不多。有一年回乡探亲，我和母亲聊家常，聊起村剧团过去的事，我问母亲王树声咋样了，母亲说他还能怎样，在田地里受苦呗！母亲语气一转，说他的大女儿去年考上北京戏校了——这倒是个令人宽慰的消息。

一九九〇年代初，我从部队转业。在县委工作几年后，调到县文化局负责群众文化工作。文化馆是县文化局的下属单位。我在熟悉单位情况的同时，也了解到王树声那个上戏校的女儿的一些情况。

王树声女儿从北京戏校毕业的时候，正是改革开放之后文化多元化的年代，她戏校毕业后被分配到县河北梆子剧团，可时间不长，剧团就宣布解散了。据我所知，县剧团当年无戏可演，入不敷出，政府财政为了甩包袱，便决定把这个具有三十多年历史的剧团解散了。王树声的女儿被分配到县文化馆任基层文化辅导员。她在文化馆工作两年后，由于嗓音好，流行歌曲唱得不错，就被北京一家私人演艺公司招聘下海了。有一段时间我周末回家，常听到村里人口中飘出一些流言蜚语，说王树声在北京唱歌的闺女作风不好，和公司老板乱搞男女关系，硬是把老板和他媳妇搅散了，她和比她大二十来岁的老板结了婚。对于长舌妇们的话题我不屑一顾，但和王树声的女儿打上交道，却出乎我的意料。

记得那是一个星期一的上午，我办公室来了一位体态丰腴的中年女人，她进门就喊我的名字，并在我名字后面亲切地附加了个"哥"字，还顺手从随身携带的宽大的皮包里掏出一张名片。我接过名片，一边端详一边问怎么认识我？她说她从小就听说过我，也非常崇拜我，说我去南方当兵，还在部队干，当了军官，全村人都为我骄傲。她说了半天我仍一头雾水，正要问她是谁家的人时，她好像预先知道我要问什么，就主动说："我是王树声的大女儿，你们家住村东，我们家住村西，我爸爸您熟识吧？"我连忙说熟悉，并夸奖她能干，成了演艺公司的总经理、艺术总监。她听我这么说，就开始介绍他们公司的情况。我说："我一会儿还有个会，你找我有什么事吗？"她说他们公司想参与县里的周末场演出。我说，周末场演出是市政府确定的惠民文艺演出项目，参加演出的文艺团体要参与市文化局面向社会组织的统一招标，再由各地区进行采购。她说他们有资质，这几年就在一些地区参与演出，只是过去与县里管文化的领导不熟悉，因此就……我让她把他们公司的相关证明材料给我留下，以后的事情等我们开会研究了再说。她从随身携带的包里掏出一大摞纸质文件，在口中念叨"感谢""费心"的同时，又从包里掏出两条中华牌香烟放在我的办公桌上，我还没来得及拒绝，她就转身拉开房门跑出了房间。

其实我那天上午并没有什么事，只是当领导了，在这个岗位上身不由己，不愿意与这些见蛋就坐窝的商人瞎纠缠。如果我不在领导岗位上，如果不是她一来找我就有求于我，如果是单纯的街坊乡亲来访，我会为她沏上一杯茶，好好地聊一聊，聊聊村里的事，聊聊她父亲，聊聊她的工作、生活。老乡亲，促膝而坐，聊点儿什么都是快乐的。

我不愿与带有目的性的人相交，可王树声女儿现在留给我两条香烟，我既不想留她的东西，也不想为此事专门去找她，两条香烟真成了两个烫手的山芋。

周末的一天，我回了趟老家，把那两条香烟装进随身的包里。

回到家，我从母亲那儿问清了王树声家的详细住址，我决定把他女儿送给我的两条香烟还给他。

我走进王树声的家。他家的房子是新盖房，房间里很是宽敞、明亮、干净、温暖。我进屋时，家里只有王树声一个老人斜靠在客厅的沙发上看电视。我特别留意一下电视播放的节目，电视里播放的既不是戏剧，更不是河北梆子，而是几个明星关在屋里耍贫嘴、逗笑话的电视剧《我爱我家》。王树声老人见我进来，便有些笨拙地从绵软的沙发里站起来。他一边招呼我，一边用疑惑的目光审视我。在我与他交谈的同时，我便留意他讲话的嗓音，他的嗓音依然沙哑，沙哑中已透不出洪亮，已看不到他年轻时在戏台上的身影。

当王树声老人弄清我是谁之后，他就对我格外热情了。他一边说要去泡茶，一边给我拿出香烟。他拿出的香烟也是中华牌。在我推让说不吸烟时，他自己熟练地点燃了一支。我那天到王树声老人的家里去，有两个目的，一是想把他女儿送我的香烟还给他，这也是我此行的目的；另一个就是我想看一看他现在的生活状态。要不是香烟，我没理由来，要不是见到他闺女，我几乎忘记了我们村里那个会唱河北梆子"拖死调"腔、把老生唱得十分出彩的叫王树声的人。在他给我让烟的工夫，我顺势从包里拿出要归还的香烟。我简要说了香烟的来历，又说了我不要香烟是缘于我不吸烟的理由。其实我不说想必他也知道香烟的来由，不然他就不会对我异常热情了。

当我走出他家院门时，迎面遇到一位老妇人。她见我从院里出来，就满面春风地迎上前，说咋不多待会儿。我从老妇人的话语中判断，她应该是王树声的老伴儿。我特别端详一下老妇人，见她身材娇小、匀称，脸上虽已刻下岁月的年轮，但依稀可见她年轻时的风韵。我以前就听村里人说，王树声三十岁时娶了一个十九岁的小媳妇，小媳妇是永宁城人，她从小就是王树声的铁杆戏迷。

从王树声家出来，我隐约感到他的生活看似幸福，可并不充实，精神也空虚。他告别舞台多年，现在还能唱"拖死调"吗？我们要恢复传统剧目，要把河北梆子"拖死调"确定为地方非物质文化遗产，王树声能做传承人吗？

我忽然有个想法。我想动员王树声出山，让他带几个有戏剧特长的年轻人，教一教河北梆子"拖死调"。

图书在版编目（CIP）数据

家宴散后 / 赵万里著 . —北京：作家出版社，2019.10

ISBN 978-7-5212-0736-1

Ⅰ.①家… Ⅱ.①赵… Ⅲ.①短篇小说－小说集－中国－当代
Ⅳ.① I247.7

中国版本图书馆 CIP 数据核字（2019）第 214041 号

家宴散后

作　　者：赵万里
责任编辑：周李立
装帧设计：薛　怡
出版发行：作家出版社有限公司
社　　址：北京农展馆南里 10 号　　　邮　　编：100125
电话传真：86-10-65067186（发行中心及邮购部）
　　　　　86-10-65004079（总编室）
E-mail:zuojia @ zuojia.net.cn
http://www.zuojiachubanshe.com
印　　刷：北京明月印务有限责任公司
成品尺寸：142×210
字　　数：100 千
印　　张：6.625
版　　次：2019 年 10 月第 1 版
印　　次：2019 年 10 月第 1 次印刷
ISBN 978-7-5212-0736-1
定　　价：32.00 元